LES SOULIERS

DE

MON VOISIN

PETITE BIBLIOTHÈQUE BLANCHE

ÉDUCATION ET RÉCRÉATION

J. HETZEL ET Cie, 18, RUE JACOB.

PARIS

LES SOULIERS

DE MON VOISIN

Les Souliers de mon Voisin

H. Abrand

LES SOULIERS

DE

MON VOISIN

TRADUCTION DE

E. DE VILLERS

ILLUSTRATIONS PAR LÉON BENETT

PETITE BIBLIOTHÈQUE BLANCHE

—

ÉDUCATION ET RÉCRÉATION

J. HETZEL ET Cⁱᵉ, 18, RUE JACOB

PARIS

LES SOULIERS
DE MON VOISIN

I

ESQUISSE D'UN INTÉRIEUR

« Si ce n'était pas le fils d'un neveu que j'aime tant, je ne le supporterais jamais! » dit mistress Martha Mérédith tout en cherchant à retenir ses lunettes, qui tombèrent sur le parquet.

« Je vous en prie, tante, ne vous baissez pas, » s'écria la petite Lina, et, se levant rapidement, elle eut, en un clin d'œil, ramassé et rendu les lunettes à la vieille dame.

« Je crois n'avoir jamais été si effrayée de ma vie, reprit Mrs. Mérédith. Ce terrible garçon conduisait la voiture comme un vrai fou! Une seule chose m'étonne, c'est que les roues ne se soient pas cassées, et que nous n'ayons pas été jetés contre les arbres de la route! A quoi servent les représentations avec maître Arthur? Il ne faisait que rire et courir de plus belle! Il savait pourtant fort bien que sa manière de conduire me faisait une peur affreuse, et que cela me fatiguait beaucoup.

— Cela fatiguait beaucoup aussi ce pauvre poney! dit Lina. Pauvre petit Tommy! Il n'avait jamais été battu de la sorte! Et Arthur lui tirait la bouche si rudement! Oh! c'est un garçon cruel, bien cruel! »

Disons tout de suite que, si Mrs. Mérédith trouvait souvent elle-même des torts à Arthur, elle ne permettait jamais que d'autres fissent chorus avec elle sur ce sujet. Elle répondit donc d'un ton quelque peu sévère :

« Arthur n'est nullement cruel, c'est un beau et brave garçon, un peu léger, voilà tout. Il n'avait pas l'intention de me contrarier ni de faire du mal au poney, mais il n'a pas été habitué à s'occuper des autres, à se mettre à leur place...

— Oh! pour cela, non, dit tout bas Lina; sans quoi il n'eût pas jeté un caillou dans le chapeau du mendiant aveugle, et il n'eût pas ri ensuite de l'air désappointé du pauvre homme quand il s'est aperçu que ce n'était pas un sou qu'on lui avait donné...

— Il ne croyait faire là qu'une plaisanterie, reprit la vieille dame en rajustant ses lunettes.

— Le mendiant a trouvé que c'en était une bien mauvaise, fit observer Lina. Cela m'a fait tant de peine pour ce pauvre vieillard ! »

Lina ne disait pas qu'elle avait été mettre une petite pièce blanche dans la main du mendiant pour le consoler.

« Arthur est une tête folle, ajouta Mrs. Martha. Son père aussi était plein de malice et de gaieté.

— Mais n'était-ce qu'une malice que de dire, comme l'a fait Arthur à un petit garçon bien maigre et bien pâle, qui ramassait du bois mort près de la haie de notre jardin, qu'un vaurien et un vagabond tel que lui ne venait rôder autour des maisons que pour voler tout ce qui lui tomberait sous la main, et que, s'il ne se sauvait au plus vite, on le ferait prendre par le commissaire de police? Ce pauvre garçon ne faisait aucun mal, ma tante; il avait l'air si malheureux, il était en haillons! Il a dû bien souffrir de toutes ces duretés qu'il ne méritait pas ! »

Mrs. Mérédith ne répondit rien et secoua la tête d'un air grave et triste.

Lina, imitant le silence de sa tante, continua sa cou-

ture tout en songeant que la maison était bien plus
paisible et plus agréable à habiter avant que son cousin
ne fût venu y passer les vacances; elle se demanda
comment il pouvait se faire qu'on ne trouvât, comme
Arthur, de plaisir qu'à tourmenter tout ce qui vous
approche.

A ce moment, les graves réflexions de la petite Lina
furent troublées par l'arrivée d'un joli chat blanc, qui
s'introduisit sans bruit par la porte entr'ouverte et vint se
frotter doucement contre la robe de la petite fille, comme
pour lui demander de s'occuper de lui et de le caresser.

« Ah! voilà Boule-de-Neige! » s'écria-t-elle, et, se précipitant sur son favori, elle le prit dans ses bras. « Tu
voudrais jouer avec ta petite maîtresse! continua-t-elle :
je le vois bien à ton ron-ron; mais rappelle-toi que le
travail doit toujours passer avant le plaisir. J'ai encore une
manchette à ourler, tandis que toi, tu n'as rien à faire
qu'à rester tranquille.

« Ne dirait-on pas qu'il m'entend, ce cher et gentil
petit minet? »

Et Lina, après avoir câliné un instant son chat, se
remit au travail. Boule-de-Neige resta blotti sur les
genoux de sa protectrice, dans un état de béatitude
complète.

Tandis que Mrs. Martha Mérédith tricote et que Lina coud paisiblement, nous jetterons un coup d'œil sur l'appartement, afin de faire plus intime connaissance avec les personnes qui l'habitent et les objets qui les entourent.

La pièce où se trouvaient Mrs. Mérédith et sa petite-nièce était un salon très confortable et très bien tenu, comme on en voit dans les cottages des faubourgs de Londres. Ces gentilles maisons ont toutes de petits jardins, les uns avec leurs pelouses vertes, les autres avec leur square fleuri ou leur allée sablée au milieu, comme chez Mrs. Mérédith. Ces jardins, trop petits pour s'y promener, trop en vue pour s'y asseoir, sont plutôt un ornement qu'une utilité ; mais l'œil de l'habitant de Londres aime à se reposer sur un peu de verdure, ne fût-ce que celle d'une haie de buis ou de quelques touffes de laurier-tin. L'ameublement du salon était simple et d'une valeur modeste ; mais les rideaux de mousseline qui encadraient la fenêtre étaient, ainsi que les housses dont l'aiguille de Mrs. Martha avait revêtu les fauteuils, d'une blancheur de neige. Un antique paravent attirait l'œil tout d'abord ; il était couvert de dessins dont la teinte avait jauni, et qui laissaient beaucoup à désirer sous le rapport de l'art. Que de fois Lina n'avait-elle pas étudié les diverses figures des scènes émouvantes représentées sur ce paravent, depuis les *Tigres attaquant les chevaux dans le désert* jusqu'à la *Dame solitaire* avec son bonnet en forme de cône! Les meubles étaient placés d'après les règles invariables de l'ancienne mode : le sofa d'un côté de la cheminée, le grand fauteuil à l'air solennel de l'autre côté ; le tabouret au milieu du tapis de foyer ; une série de chaises droites et régulières comme une ligne de soldats, reposant contre la muraille. La bibliothèque, à l'aspect grave et imposant, s'harmonisait on ne peut mieux avec les lourds et antiques volumes qui la remplissaient.

Lina ne se serait pas permis d'ouvrir l'un de ces volumes sans l'assentiment de sa grand'tante ; mais elle avait souvent l'honneur d'épousseter leurs vénérables dos de basane, ainsi que leurs tranches rouges et bleues. Il y avait dans le bas de cette bibliothèque un rayon qui faisait les délices intimes de l'enfant : là se trouvaient de gracieux volumes reliés en rouge, en bleu, avec des tranches dorées, qui étaient *à elle*, présents reçus à la Noël, lus et relus cent fois, et chéris de la petite orpheline comme des compagnons vivants qui animaient son existence solitaire.

Un des ornements de ce salon mérite une mention particulière ; Mrs. Mérédith y mettait son intime orgueil. Dans un coin de l'appartement se trouve un petit bahut en vieux chêne rempli de figurines d'après l'antique et de vieilles porcelaines de Chine très curieuses : de bizarres petites théières, des jattes aux contours éclatants, des plats ornés d'animaux fantastiques. Lina était habituée à regarder cette collection comme un trésor de famille. Elle savait où son arrière-grand-père avait acheté ce vase du Japon, où son grand-oncle avait trouvé ce mandarin ventru... La pièce favorite dans la collection était une statuette en albâtre représentant Morphée, le dieu des songes ou tout au moins du sommeil, qui occupait la place d'honneur. Lina ne connaissait que vaguement l'histoire de Morphée ; mais son attitude lui faisait croire que cette figure représentait le roi des génies, et là-dessus son imagination d'enfant brodait toutes sortes de rêveries fantastiques.

Mrs. Mérédith passait pour avoir eu, un demi-siècle plus tôt, des titres réels à la réputation d'une *beauté*. Lina pensait même que sa grand'tante pourrait encore être trouvée jolie, si seulement sa taille courbée se redressait un peu, si son *tour* de boucles jaunes se trouvait remplacé par ses beaux cheveux blancs naturels, si enfin les innombrables rides de son front et de ses joues disparaissaient sous une baguette de fée !...

Mrs. Mérédith passait autant de jours dans sa chambre

à coucher que dans son salon du rez-de-chaussée, et Lina, par affection pour sa vieille parente, si frêle de santé, était devenue très habile dans l'art de redresser les coussins, de préparer les potions et l'eau de gruau ; elle en savait beaucoup plus long sur ce chapitre que bien des jeunes filles qui ont le double de son âge. Mrs. Mérédith n'avait jamais eu l'occasion de regretter le jour où elle avait recueilli dans sa maison, comme son enfant d'adoption, la pauvre petite orpheline, fille de sa nièce. Les bonnes qualités de Lina n'étaient pourtant pas relevées par les avantages qui plaisent à première vue : elle était petite et un peu grosse ; son cousin lui disait quelquefois qu'elle était aussi large que longue. Le visage irrégulier qui surmontait cette taille peu élégante n'avait qu'un seul attrait, attrait qui finit par l'emporter sur les autres, il est vrai, l'air d'intelligence, de bonne humeur et de bonté. Maître Arthur avait fait plus d'une caricature de ce visage qu'il représentait rond comme une assiette avec de petits yeux, une grande bouche et un petit nez comique, gros comme une noisette et remontant d'une façon indiscrète vers le ciel.

Nous ne prétendons pas que ces caricatures fussent d'une parfaite ressemblance et qu'elles n'exagérassent pas chaque défaut ; mais elles rappelaient l'original juste assez

pour vexer beaucoup la pauvre Lina et la rendre encore
plus timide en présence des étrangers qu'elle ne l'eût été
naturellement. Jusqu'au moment où Arthur avait fait
toutes ces mauvaises charges sur son peu de beauté, la
petite fille ne s'était souciée en rien de paraître jolie et
n'avait jamais regretté de ne pas l'être. Elle savait que
sa bonne chère tante l'aimait telle qu'elle était et elle ne
souhaitait pas être autrement qu'il n'avait plu au bon Dieu
de la créer. Maintenant Lina commençait à trouver pénible
d'être moins agréable d'extérieur que beaucoup d'autres
et à désirer les avantages physiques qui l'eussent mise à
l'abri des cruelles railleries qu'elle n'avait pas le courage
de dédaigner. Elle se sentait mal à l'aise dès que son
cousin prenait un crayon ; elle eût pleuré volontiers en se
voyant représentée à la craie sur tous les chambranles
des portes. Sans nul doute c'était un enfantillage de la
part de Lina de se chagriner de telles choses, mais nous
lui pardonnons cette faiblesse à cause de son âge. Son
cœur, fort sensible, était naturellement porté à ressentir
aussi vivement la malveillance que la bonté. D'autre part,
cela prouvait-il de la délicatesse et du jugement chez
Arthur que de chercher à faire naître de l'amertume dans
le cœur de sa bonne petite cousine, et cela dans l'unique
but de se divertir à ses dépens, sans se demander si le

plaisir qu'il éprouvait était égal à l'ennui qu'il donnait ? Nous laissons à nos jeunes lecteurs le soin de décider cette question, persuadé qu'ils la trouveront aussi claire qu'elle nous le paraît à nous-même.

II

UNE CHASSE

« Ah ! quelle jolie alouette j'ai failli attraper tout à l heure ! » s'écria Arthur en se précipitant dans le salon dont il laissa la porte toute grande ouverte. Il se jeta sur le sofa à côté de Mrs. Mérédith avec une telle brusquerie qu'il fit trembler à la fois le vieux meuble et la vieille dame qui y était assise.

« Cher enfant, asseyez-vous d'une façon un peu moins sauvage, lui dit Mrs. Mérédith, et entrez plus doucement, je vous en prie... Je n'ai pas les nerfs assez solides pour supporter un pareil tapage.

— Je me félicite de n'avoir pas de nerfs, répliqua le jeune garçon en éclatant de rire. Oh! que je me suis amusé avec les moineaux! c'est le seul divertissement qu'on puisse trouver aux environs de Londres, à moins qu'on n'ait le bonheur de tomber sur un chat! »

A ces mots Lina cacha précipitamment son petit favori sous son tablier noir; elle était vivement contrariée d'avoir gardé Boule-de-Neige cinq minutes dans un salon où se trouvait Arthur. Heureusement celui-ci n'avait pas remarqué le mouvement de sa cousine, et le chat se tint coi comme s'il eût eu le sentiment de la présence d'un ennemi, et peut-être l'avait-il.

« Je suis un fameux chasseur, poursuivit Arthur, en s'occupant, peut-être sans s'en rendre compte, à bouleverser tous les petits ustensiles de travail placés dans un nécessaire où il il avait plongé ses doigts malencontreux. J'avais ma poche pleine de cailloux et de mies de pain que je semais sur la route pour attirer les moineaux. Au premier moment ils ont eu peur de moi... mais peu à peu ils se sont rapprochés; il en est venu un, en sautillant, puis un autre; enfin cinq ou six de ces gentlemen en habit gris se sont mis à déjeuner tout à leur aise. Bon, mes amis, voici l'heure de payer la carte; et je fis feu. J'atteins juste le plus gros de la bande, les autres prennent leur volée, mais le blessé reste sur le terrain, piaillant et se débattant, il avait une patte cassée... je me suis dépêché de l'achever au plus vite.

— Oh! pauvre petit moineau! sécria Lina.

— Pourquoi l'avez-vous tué? demanda la tante Mérédith.

— Pourquoi je l'ai tué? pour essayer mon adresse, et pour m'amuser; pas autre chose! — Vous ne pouvez penser que ce soit pour le manger.

— Et croyez-vous que, uniquement pour nous amuser, nous ayons le droit de torturer et de détruire les créatures de Dieu?

— Moi! je ne crois pas que les moineaux soient sur la terre pour autre chose que pour être tirés, dit Arthur d'un air négligent, à coups de pierre ou à coups de fusil.

— Vous ne croiriez pas cela si vous étiez moineau! » s'écria Lina, toujours prête à se ranger du côté des faibles et des opprimés. — Et si vous aviez regardé la bonne Lina en ce moment, vu son regard tout plein de pitié, son bon petit visage tout rayonnant d'une généreuse indignation, non, non, vous ne l'auriez pas trouvée laide. Bien plutôt, il était laid le bel Arthur prononçant ces cruelles paroles : « Pourquoi je l'ai tué? Pour m'amuser. » Si la trop bonne tante Mérédith avait pu voir la vilaine et sotte expression de son regard et de toute sa prétendue jolie figure quand il avait prononcé ces odieuses paroles, elle aurait dit : « J'aime mieux regarder Lina que cette poupée malfaisante. »

« Lina, ma chère, fermez la porte, je vous prie, » dit Mrs. Mérédith qui commençait à tousser. Bien qu'on fût en été, son âge et ses infirmités la rendaient très accessible aux rhumes.

Pour la première fois de sa vie Lina eut un moment d'hésitation avant d'obéir. Elle craignait en se levant de trahir la présence de Boule-de-Neige. Comme elle se trouvait assise près de la fenêtre, elle ne pouvait atteindre la porte sans passer à côté d'Arthur.

« Je vous en prie, fermez la porte, » répéta Mrs. Méré dith avec un peu d'humeur. Cette porte avait été laissée ouverte par Arthur, mais le jeune garçon n'eût certes jamais songé à réparer son oubli.

Lina posa son ouvrage en tenant son tablier à deux mains, afin de pouvoir tout à la fois cacher et transporter son favori ; elle alla avec force précautions vers la porte, bien résolue à profiter de cette occasion pour mettre Boule-de-Neige en sûreté. Mais, réveillé en sursaut par ce mouvement de sa maîtresse du profond sommeil où il avait été plongé, le chat fit entendre un joli miaulement.

3

« Oh! un chat! » s'écria Arthur en sautant sur ses pieds immédiatement et apercevant la longue queue blanche qui pendait sous le tablier de Lina.

Lina ne vit de ressource que dans la fuite ; elle s'élança d'un bond vers la porte. Arthur, poussant un joyeux hourrah, se mit en chasse. Il était bien plus leste que Lina, et le favori de la pauvre petite fille eût sans nul doute partagé le sort de l'infortuné moineau, si Arthur, dans son empressement à lui couper la retraite, ne se fût précipité du côté de la cheminée où il se sentit arrêté par l'antique paravent que nous avons décrit. Heureusement pour le chat, le paravent fut renversé, un craquement se fit entendre, le genou d'Arthur venait de crever le bonnet en pain de sucre d'un des personnages du paravent. Mrs. Mérédith jeta un cri d'effroi, mais Lina était trop épouvantée et Arthur trop animé pour qu'ils s'arrêtassent ni l'un ni l'autre. Le jeune garçon, relevé en une seconde, s'élança à travers l'escalier à la poursuite de la pauvre enfant toute terrifiée. Tenant toujours son chat dans ses bras, elle eut grand'peine à gagner sa chambre à temps. Une fois entrée elle se hâta d'en fermer la porte et de tirer le verrou.

« Hélas! la paix n'est plus possible dans cette maison! Ce malheureux garçon sera cause de ma mort! s'écria la pauvre Mrs. Mérédith essayant, d'une main tremblante, de ramasser les mailles de son tricot qu'elle avait laissées tomber dans l'émotion que lui avait causée le bruit de la chute du paravent. Il faut que j'écrive à mon neveu au sujet de son fils... La malle des Indes part demain, je ne sais si j'aurai la force de rassembler mes idées... Il faut pourtant que je dise à John qu'il n'y a jamais eu un garçon si désordonné, si insupportable!... »

Les plaintes de la pauvre dame furent interrompues par la réapparition d'Arthur se tenant les côtes et éclatant de rire.

« Ah! quelle bonne plaisanterie! s'écria-t-il. Je n'aurais jamais cru la grosse Lina capable d'exécuter un pas de course si accéléré! Cela lui fera beaucoup de bien de se voir tous les jours pourchassée de la sorte! Je regrette seulement de voir ce trou au pauvre paravent!

— Je le regrette aussi, et beaucoup, dit Mrs. Mérédith, mécontente, à son neveu. C'est un bon vieux meuble de famille, très curieux, et je crains bien qu'on ne puisse réparer cet accident.

— Oh! que je suis peiné, que je suis peiné! reprit Arthur d'un air contrit, d'avoir troué un bonnet d'une si jolie forme au lieu de transpercer ce scélérat de chat!

— Vous êtes un méchant garçon! dit la tante Mérédith,

dont l'air courroucé eût préféré pouvoir se changer en sourire. Elle avait, comme nos lecteurs le savent déjà, une grande dose de faiblesse pour ce mauvais sujet si bruyant, car il était le fils d'un neveu qu'elle aimait comme s'il eût été son enfant. Elle passait donc à Arthur, en souvenir de son père, bien des torts qu'elle eût trouvés impardonnables chez tout autre.

D'ailleurs, en effet, avec plus d'égards pour les autres et d'oubli de soi-même, Arthur eût été un supportable garçon. La nature semblait l'avoir formé pour plaire. Ses beaux cheveux bruns, bouclés, et ses yeux bleus, rayonnants, produisaient une impression agréable; mais c'était surtout son air de franchise et sa gaieté de caractère qui disposaient, au premier abord, tout le monde en sa faveur. Maître Arthur se rendait parfaitement compte de ces avantages, et, il faut l'avouer, il était même quelque peu vain de son extérieur. Il se regardait comme un être privilégié, qui a le droit de dire et de faire tout ce qu'il lui plaît; il jouait, sans s'en rendre compte, avec tous les sentiments et risquait de perdre l'affection de ses amis et de ses parents par une vanité mal entendue qui se traduisait trop souvent par des apparences de manque de cœur. Arthur aurait été aimable et tendre pour sa grand'tante et sa petite cousine, si cela ne l'eût gêné en rien dans ses amu-

sements; mais jamais il n'aurait renoncé à la moindre
fantaisie pour éviter aux autres un ennui ou même un
chagrin. Ce n'est pas, bien entendu, son éloge que nous
faisons ici, tout au contraire; mais un portrait flatté ne
serait plus ressemblant. Pour tout dire, Arthur était
égoïste, mal élevé. C'était un enfant gâté, que sa mauvaise
éducation avait conduit à être insupportable et même, de
fait sinon d'intention, très méchant. Il était de ceux qu'il
faut fuir quand on n'est pas forcé de vivre avec eux, et
qu'on ne se sent ni le droit ni le pouvoir de les corriger.

III

LA STATUETTE MYSTÉRIEUSE

Lorsque la famille, composée des trois personnes que nous connaissons, se réunit pour le dîner, Lina était encore sous l'impression de la scène du matin et Mrs. Mérédith souffrait de sa migraine. Quant à maître Arthur, il avait, comme d'habitude, un fameux appétit et une gaieté imperturbable; il finit par remettre sa tante de bonne humeur en faisant l'éloge de son pâté de pigeons. Lina, qui n'était pas d'un naturel boudeur, sentit peu à peu s'effacer le ressentiment que lui avait causé la méchante taquinerie de son cousin et la tentative faite par lui le matin contre elle-même et contre Boule-de-Neige.

Après le repas, Mrs. Mérédith fit comme de coutume un petit somme dans son grand fauteuil. Lina, comprenant qu'il était de son devoir d'amuser leur jeune hôte, essaya de lui fournir des distractions et de le faire rester aussi tranquille que cela était possible avec son impétueux tempérament.

Elle lui offrit donc de lui montrer les merveilles du bahut d'ébène, et Arthur, n'ayant rien de mieux à faire et

A PRÉSENT JE VAIS VOUS MONTRER MA PIÈCE FAVORITE.

personne autre qu'elle à tracasser, consentit à la suivre
dans le coin du salon.

« Vous voyez cette potiche bleue et blanche, dit Lina,
en commençant méthodiquement son rôle de montreuse
de curiosités... elle a appartenu au grand amiral Rock...

— Ah! cela m'est bien égal qu'elle ait appartenu à
l'amiral Rock! s'écria Arthur avec un bruyant éclat de
rire.

— Et dans ce grand plat du Japon, vous voyez...

— Je ne vois rien qu'un grand plat vide.

— Comment, vous ne voyez pas le grand Dragon qui
serpente sur le bord! ce qui montre...

— Que cet animal est originaire du Japon, pays natal
de saint George qui portait sans doute ses cheveux en
nattes pendantes sur le dos, comme un mandarin... et
une toque sur la tête avec un bouton au milieu.

— Quelles folies dites-vous là! s'écria Lina; à présent
je vais vous montrer ma pièce favorite dans la collection.

— Oh! je la connais sans que vous ayez besoin de me
la désigner.

— Comment pouvez-vous la connaître?

— C'est celle-ci, dit Arthur, en montrant du doigt une
figure grotesque de magot. C'est sans doute le portrait
d'un de vos parents, — je le reconnais à une ressem-

blanche de famille ; — on le prendrait pour votre frère
jumeau.

Quand on pense que l'égoïsme uni à l'étourderie peuvent conduire un enfant à tant de grossièreté, on regrette
de ne pouvoir punir les trop faibles parents qui n'ont pas
su réprimer de mauvais penchants. C'est à eux qu'on s'en
prend, aussi bien qu'à leur odieux élève.

Le visage de Lina devint rouge cramoisi, mais son cruel
cousin n'en continua pas moins : « Les yeux sont tout à

fait les mêmes... ces petits yeux expressifs à peine fendus
comme la boutonnière de votre manchette... seulement il
faudrait encore un petit coup de ciseau pour les perfec-
tionner... le nez aussi est un peu trop long.

— Non, ce magot n'est pas mon favori, dit la pauvre
Lina, désirant interrompre cette digression qui ne lui était
rien moins qu'agréable. Mon favori est ce beau roi des
génies avec des ailes de papillon et ces fleurs qu'il jette
autour de lui.

— Un roi des génies, ceci? Mais c'est Morphée, le dieu
des songes! Vous êtes pleine d'illusions, Lina.

— Je sais quelque chose sur cette statuette, dit Lina,
quelque chose que vous ne savez pas, et qui vous étonne-
rait bien!

— Dites-le donc! s'écria Arthur. Vous m'avez déjà
beaucoup surpris en prenant Morphée pour un roi des
génies.

— C'est un roi des génies pour moi, » répliqua Lina. Et
elle ajouta en baissant la voix et en essayant de donner
un air solennel à sa petite figure ronde : « On m'a dit que,
dès qu'il fait nuit, ce petit génie a le pouvoir de méta-
morphoser les personnes et les choses : il change les bergers en rois, les rois en bergers, les palais en chaumières,
et en un clin d'œil il vous fait faire le tour du monde.

Vous voyez bien, Arthur, que ce ne peut être qu'un roi des génies...

— Je vois, miss Lina, reprit Arthur devenu sérieux un instant, mais par vanité et seulement pour écraser sa cousine de sa science, je vois bien que vous n'avez rien compris à la leçon de mythologie dans laquelle on a dû vous dire l'histoire ou plutôt la fable du dieu du sommeil et des songes, *Morphée* qui, en secouant ses pavots, envoie des rêves plus ou moins agréables aux mortels... Ah! je n'oublierai pas votre plaisante méprise, ma chère! Vous avez pris pour un conte de fées une allégorie des plus faciles à saisir pour quiconque se rappelle avoir jamais fait un rêve.

« Si vous voulez venir dans le salon à minuit, je vous montrerai votre roi des génies parfaitement tranquille entre le mandarin, votre parent, et le grand plat du Japon apporté par l'amiral Rock. »

La pauvre Lina, confuse de son erreur, qui allait servir de thème incessant à de nouvelles moqueries de son cousin, fut heureuse de voir apporter le thé comme salutaire diversion à un entretien qui tournait si mal.

Elle le prépara comme de coutume; elle coupa les tranches de pain de seigle, y mit le beurre, puis elle prit dans le petit dressoir les conserves de fruits que Mrs. Mérédith donnait tous les soirs à son petit-neveu. Maître Arthur ne resta pas oisif pendant que sa cousine avait le dos tourné; la pauvre Lina trouva sa tasse de thé aussi salée que de la saumure, et le méchant sourire d'Arthur lui prouva qu'il n'était pas étranger à cette piquante surprise. Lina soupira à la pensée d'être forcée d'endurer encore de pareilles choses pendant trois longues semaines. Elle se demandait si sa patience serait à la hauteur d'une si terrible épreuve.

« Qu'avez-vous donc, Lina?... demanda Mrs. Mérédith. Il me semble que vous soupirez; cela ne vous arrive pas souvent.

— Ah! s'écria Arthur, j'ai déjà remarqué cette singulière disposition chez miss Lina depuis que j'ai l'honneur de la connaître.

— Arthur, je voudrais bien que vous eussiez un peu de sympathie pour les autres, dit sa tante avec un hochement de tête réprobateur.

— Sympathie! qu'est-ce que cela? s'écria Arthur en vidant le pot à crème dans sa tasse de thé.

— C'est une disposition à ne pas faire contre les autres ce que vous ne voudriez pas qu'ils pussent faire contre vous-même, en un mot à penser à eux et à se mettre à leur place.

— Quoi! même à celle des chats! s'écria Arthur, interrompant sa tante, qui reprit :

— A entrer dans les sentiments de votre prochain, à se mettre, comme dit le proverbe, *dans les souliers du voisin.*

— Ah! fort bien! j'ai souvent entendu parler du chat botté; mais les souliers du chat, jusqu'à présent je ne les connais pas.

— Je dois dire à la louange de Lina, reprit Mrs. Mérédith en posant doucement sa main sur le bras de la petite fille, que pour sa part elle est toujours prête à sympathiser avec toutes les créatures qui souffrent...

— Alors elle doit toujours soupirer pour quelqu'un ou pour quelque chose, s'écria Arthur. *Les souliers du voisin* la blessent quand elle n'a pas de caillou dans les siens.

— La sympathie a ses joies aussi bien que ses peines, répliqua la vieille dame avec douceur; si nous nous attristons avec les affligés, nous nous réjouissons avec les heureux. Et puis la sympathie nous gagne plus d'affectueuse reconnaissance que nous n'en obtiendrions par de réels bienfaits. Nous ne faisons que notre devoir quand nous sommes reconnaissants envers ceux qui nous rendent un grand service ou qui nous sauvent d'un péril sérieux; mais nous *aimons* celui qui partage nos joies et nos peines, et

qui les rend siennes par le fait d'une mutuelle sympathie. »
Et elle n'osa ajouter : « Lina vaut mieux que vous, Arthur. » Ajoutons-le pour elle.

Arthur commençait à bâiller. Il détestait tout ce qui
ressemblait à un sermon ; quant à cette sympathie qu'on
louait tant, il ne l'avait jamais ressentie, et il ne désirait
pas la ressentir. Cela peut être bon, pensait-il, pour
une petite fille telle que Lina... Mais quant à un jeune
garçon brillant, riche, spirituel tel qu'Arthur Mérédith,
qui n'aurait jamais besoin de la pitié de personne, à quoi
cela l'avancerait-il d'en éprouver à l'égard des autres ?...
Arthur continua donc de s'amuser pendant le reste de la
soirée aux dépens de l'infortunée Lina, en lui cassant son
aiguille, lui emmêlant son fil, lui racontant des histoires
effrayantes et lui adressant d'interminables plaisanteries
sur sa figure et sa tournure. Il réussit à l'affliger au point
qu'elle avait toutes les peines du monde à ne pas fondre
en larmes. Ce fut une vraie délivrance pour la pauvre per-
sécutée que d'entendre sonner l'heure du coucher et de
voir Arthur prendre son bougeoir et monter à sa chambre.

Je ne suis certes pas pour les corrections corporelles ;
mais combien il est regrettable qu'un fouet invisible, mais
solide, ne puisse fustiger, à l'heure voulue, tous les Arthurs
qui le méritent !

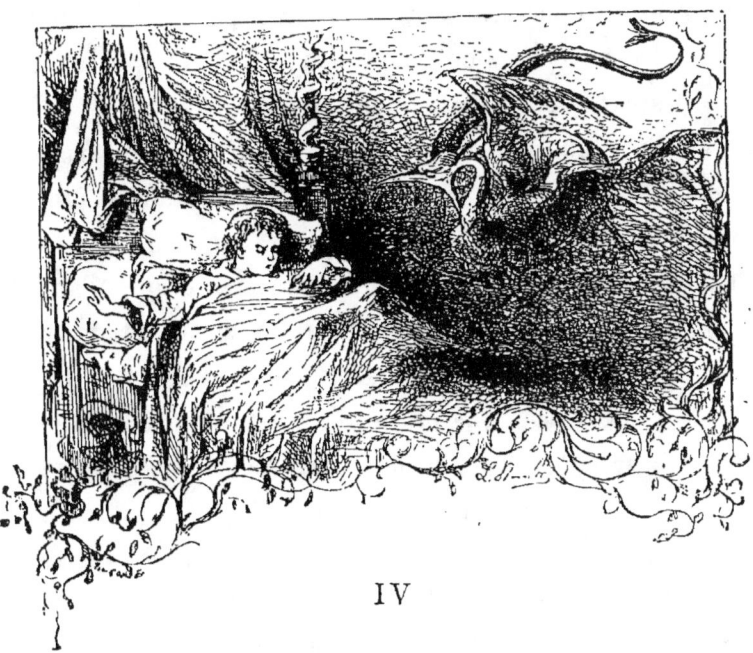

IV

CHOSES SURPRENANTES

« Cette pauvre Lina qui prend Morphée pour un roi
des génies ! se disait Arthur en mettant sa tête bouclée
sur l'oreiller. Je serais tenté, pour convaincre miss Lina
de sotte crédulité, de me rendre dans le salon au coup de
minuit... Ah ! bah ! il vaut mieux ne faire qu'un somme
toute la nuit et ne quitter mon lit qu'au moment où la
cloche sonnera le déjeuner ! Ce n'est même pas toujours
facile. Ah ! miss Lina voudrait essayer de m'attraper par

des contes auxquels un baby ne croirait pas! C'est bien ,
je ferai payer cela à Boule-de-Neige ; ce bien-aimé chat
n'en sera pas quitte si facilement une autre fois !... »

Tout en rêvant à une foule de plans qui n'avaient rien
d'aimable pour Lina et son favori, Arthur s'endormit pro-
fondément.

Les idées diverses qui lui avaient traversé l'esprit dans
la journée se transformèrent en rêve durant la nuit, mais
en rêve si vivant, si précis dans les images et dans les détails, qu'aucune scène de la vie réelle n'aurait pu le frapper, ne le frappèrent jamais davantage dans la suite même
de son existence, et n'eurent une plus définitive influence
sur sa vie. Devant ce vaste domaine dés rêves, les experts
positifs sont bien obligés de reconnaître que la science ni
la raison ne suffiraient pas à tout expliquer dans ce monde,
et qu'il est des phénomènes en face desquels la sagesse
purement humaine est obligée de s'incliner. Je raconterai
donc ce rêve surprenant d'Arthur à mes jeunes lecteurs
comme une chose qui serait arrivée réellement, les
priant de vouloir bien oublier pour quelques instants que
ce qui suit n'est heureusement, ou malheureusement, qu'un
songe.

Les rêves sont la plupart du temps tout à fait absurdes
et déraisonnables ; ce n'est pas une raison quand il s'en

rencontre un sur dix mille peut-être, qui offre de la suite
et de l'intérêt, pour n'en pas tirer tout le parti qu'il mérite, surtout s'il se trouve qu'il a eu des conséquences
mémorables.

V

LA NUIT D'ARTHUR

Dix heures! Onze heures! Minuit! Arthur compta
chaque coup dans l'obscurité, tout en tenant sa main sur
le bouton de la porte du salon. Tout était si paisible dans
la maison, que la cloche retentit avec un bruit plus sonore
que de coutume. Quand ce bruit cessa, un silence complet,
qui avait quelque chose d'effrayant, régna de nouveau dans
la demeure de Mrs. Mérédith. Arthur tourna le bouton et

5

entra. Il s'attendait à trouver le salon aussi sombre que
l'escalier qu'il venait de descendre; mais, à sa grande
surprise et à son grand effroi, l'appartement était inondé
d'une douce lumière bleuâtre qui semblait venir du côté
du bahut d'ébène où la collection de curiosités de sa tante
se trouvait enfermée. Arthur tourna les yeux vers ce coin
du salon et aperçut devant lui, non pas dans l'intérieur
du bahut d'ébène, mais planant au-dessus, la petite statuette que Lina croyait un génie... Seulement ce n'était
plus une froide figurine d'albâtre, c'était un être animé
aux vêtements blancs et or et aux ailes déployées. Arthur, saisi de terreur, ne se sentait plus capable de faire
un mouvement ni de dire une parole. Soudain une voix
sévère lui adressa ces mots :

« Est-ce toi, enfant insensé, qui te fais un jeu de la
souffrance des autres? Toi qui peux te vanter d'être passé
maître dans l'art de torturer les innocents et les faibles?
Eh bien, tu vas connaître par toi-même ce que c'est que
souffrir! Puisque la sympathie que tout être vivant doit à
toutes les créatures de Dieu ne te l'a pas enseigné, tu
l'apprendras par les leçons de l'expérience. Tu entreras
dans *les souliers de ton voisin*. Ton âme habitera tour à
tour l'enveloppe mortelle de chaque créature à laquelle tu
as infligé une souffrance dans la journée qui vient de

C'ÉTAIT UN ÊTRE ANIMÉ AUX VÊTEMENTS BLANCS.

s'écouler, et tu souffriras dans chacune de ces transformations tout ce que tu as jusqu'ici fait endurer aux
autres. »

Une crainte affreuse envahit le cerveau du jeune homme
et lui donna la force de parler. Joignant les mains, il s'é-
cria :

« O puissant génie ! si mon âme erre ainsi de place en
place, que deviendra mon corps ? On me croira mort, on
m'enterrera, et il n'y aura plus d'Arthur ! »

Le petit génie se mit à rire ; son rire semblait une mu-
sique argentine. Un écho partant d'un autre rayon du
bahut d'ébène lui répondit, et le mandarin en vieux
chine cligna les yeux d'un air de mauvais augure.

« Ne crains pas qu'Arthur soit privé de vie et de mouvement, reprit le génie. C'est moi qui me charge d'ani-
mer sa forme et d'imiter ses actions de la manière la plus
exacte, aussi longtemps que dureront les épreuves et les
leçons qu'il mérite. Tu auras ainsi l'occasion de te voir
avec les yeux des autres, de te juger non plus avec l'inepte
indulgence que tu as toujours eue pour toi-même, mais
avec l'opinion des autres, tu connaîtras que tu es Arthur,
l'insupportable, comme les autres le connaissent, sans que
le voile de la vanité et de l'illusion soit là pour te rien cacher. »

En parlant ainsi, le génie secoua par trois fois ses pavots. En un instant un brouillard épais enveloppa la chambre; le bahut, le mandarin, toutes choses disparurent comme si elles eussent été cachées soudainement par un épais rideau.

VI

DANS LES SOULIERS DE LA GRAND'TANTE

Quand le brouillard se dissipa, Arthur se retrouva dans le même salon, assis sur le sofa; la lumière du soleil, tombant sur le bahut d'ébène, éclairait les figurines tout aussi calmes, y compris celle de Morphée, que les tasses et les magots de vieux chine.

Rien, en effet, ne semblait changé autour d'Arthur : voilà bien l'antique paravent avec le trou que le jeune homme y avait fait la veille; mais combien Arthur fut étonné lorsqu'en baissant les yeux il se vit les genoux couverts d'une étoffe de popeline gris de fer, vêtement habituel de sa grand'tante! et que, portant la main à ses yeux pour les frotter, il y trouva une paire de lunettes d'acier strictement placées sur son nez! Arthur eût bien ri d'une telle découverte, s'il n'avait senti au même moment une vive douleur dans l'épaule. Il essaya de se lever, ses rhumatismes lui faisaient tant de mal qu'il retomba tout exténué sur les coussins du sofa. « Que m'arrive-t-il donc? se demanda-t-il ; mes os sont endoloris comme si j'avais fait vingt lieues ou comme si j'avais reçu cinquante coups de bâton. » Il arracha vivement ses lunettes, mais le brouillard qui obscurcissait sa vue le força de les replacer aussi rapidement que le lui permirent ses doigts tremblants.

« C'est affreux ! murmura Arthur, — me voilà en un instant aussi faible qu'un vieillard. »

Arthur était devenu sa tante !

Il fit un effort désespéré pour se lever: il y réussit cette fois, bien qu'il lui semblât que ses jambes pouvaient à peine supporter le poids de son corps. Au-dessus de la cheminée se trouvait une glace haute et étroite. Arthur dirigea ses pas de ce côté... Quelle différence entre cette démarche lente et pénible et ses pas légers de la veille ! Il se regarda dans la glace et y vit se refléter l'image d'une vieille dame toute ridée avec un bonnet de dentelle orné de rubans gris et des yeux étonnés sous ses lunettes !...

Arthur eut une sorte de sourire, la dame eut le même sourire dans le miroir ; mais cette gaieté était forcée, et Arthur détourna la tête, se sentant plutôt disposé à pleurer.

« Je ne savais pas jusqu'à présent quelle triste chose est la vieillesse, pensa-t-il tout en s'appuyant sur la table pour regagner lentement sa place sur le sofa. Je n'ai envie de faire aucun mouvement, tout m'est pénible, le soleil même me fatigue et pourtant il ne brille pas comme autrefois!... mon appétit s'en est allé ! »

Et Arthur tomba plutôt qu'il ne s'assit sur le sofa et prit machinalement un tricot qui se trouva près de lui. Peu disposé à lire ou à écrire, se sentant incapable d'aucune occupation active, cet ouvrage semblait le seul possible pour ses faibles doigts. C'était sans nul doute une mince distraction, mais cela valait mieux que de ne rien faire du tout. Après avoir tricoté quelques tours, il se sentit plus calme et plus résigné. Il souffrait moins de son rhumatisme en restant tranquillement assis; son esprit conservait pourtant encore de la vivacité, mais toutes les riantes couleurs qui animaient hier encore pour lui la vie, semblaient effacées... il n'en restait qu'une d'un ton jaunâtre et uniforme.

Tout à coup la porte s'ouvrit si brusquement qu'Arthur tressaillit; il lui sembla que chacune de ses fibres eût reçu un choc qui le rendit tout tremblant pendant quelques secondes. Quelqu'un entra dans le salon; l'aspect du nouveau venu était on ne peut plus familier à Arthur, bien qu'il n'eût jamais vu ce visage que dans un miroir. Il reconnaissait ces abondants cheveux châtains qui retombaient en boucles gracieuses autour de ce front blanc, et ces yeux bleus, qui brillaient comme si leur éclat n'eût jamais été terni par une larme. Malgré la répulsion actuelle du pauvre Arthur pour le bruit et sa crainte de toute secousse pour ses nerfs, il ne put s'empêcher de regarder avec complaisance sa propre figure apparaissant à ses regards.

« C'est vraiment un beau garçon ! pensait-il en offrant au nouveau venu sa main ridée et tremblante.

—. Mais, ma tante, ne nous sommes-nous pas vus hier ! s'écria le jeune garçon qui venait d'arriver, et saisissant brusquement la main qui. lui était offerte, il la secoua avec tant de violence que les bagues de la vieille dame entrant dans ses doigts lui firent jeter une exclamation de. douleur.

— Mon cher enfant, ne me secouez pas si fort... j'ai les nerfs bien malades.

— Ah ! les nerfs ? c'est un effet de l'imagination, » s'écria le jeune homme, et s'asseyant près de la table à ouvrage, il se mit à chanter d'une voix stridente qu'Arthur reconnut parfaitement pour celle qui avait été la sienne ; mais, chose étrange, chaque intonation retentissait à son oreille comme un coup de marteau. Le chanteur tapait sur la table en manière d'accompagnement à la

BALLADE DE L'ARMURIER

Simon, le vieil Armurier
Du matin au soir travaille,
Forgeant pour maint chevalier
Lance et casque de bataille.
Sur la route un beau seigneur
Passe en jetant sur l'enclume
Un regard plein de hauteur.
Dans les airs flotte la plume
De son cimier tout en or.
« Oh ! oh ! dit près de sa forge
« Simon qui travaille encor,
« Voyez comme il se rengorge
« Sur son élégant coursier !
« Il est fier de sa parure !
« Mais l'airain, le fer, l'acier
« Valent mieux pour une armure ! »

Alors sur son palefroi
Apparaît la belle Irène
Si charmante que le Roi
La voudrait choisir pour Reine.
Avec un salut courtois
Le seigneur quand elle passe
Lui dit : « Vainqueur du tournois
Je serai, si ta main place

A mon cimier d'or ton gant ! »
Mais, sans accorder ce gage,
La dame a fui le galant.
« Oh ! oh ! jamais sang, je gage,
« Ne tachera ton cimier !
« Dit Simon ; belle parure !
« Mais l'airain, le fer, l'acier,
« Valent mieux pour une armure ! »

Avec un malin coup d'œil
Toisant des pieds à la tête
Le Seigneur si plein d'orgueil,
Le vieux forgeron répète
En riant de tout son cœur :
« Ah ! ce n'est pas le plumage
« Qui rendra l'oiseau vainqueur !
« Le paon n'a pas de courage !
« Oh ! oh ! la dame aime un preux
« Qui ne craint choc ni blessure;
« Son bras est plus valeureux,
« Moins brillante est son armure !
« Quand on va braver la mort
« Au vain orgueil on met terme;
« Il s'agit de frapper fort,
« Il s'agit de frapper ferme ! »

A ces mots de *frapper ferme*, le poing du chanteur
frappa si ferme sur la table qu'elle s'ébranla, et le tricot
tenu par la vieille dame s'échappa de ses mains. Arthur
essaya de se baisser pour le ramasser; mais ce mouvement

lui causa une si vive douleur dans l'épaule qu'il poussa
un gémissement. Le faux Arthur (nous appellerons ainsi
le malin petit génie qui avait pris les traits d'Arthur et
qui jouait si bien son personnage) surveillait tous ces
mouvements si pénibles avec une indifférence provocante,
peut-être même avec un secret plaisir; aussi Arthur com-
mençait-il à trouver que le visage de ce jeune homme, bien
que fort régulier, perdait tout son agrément à force
d'avoir l'air satisfait de lui-même.

« Ramassez mon tricot, je vous en prie, » dit-il,
vivement contrarié de ce qu'on ne devinait pas son
désir.

Le faux Arthur prit un air de dédain; il semblait hésiter à se donner la peine d'obéir. Tout à coup, cependant, il
se leva et il ramassa le tricot; mais ce mouvement fut
exécuté avec tant de nonchalance ou tant de malice, qu'une
aiguille en tomba et naturellement avec elle toutes les
mailles qui étaient dessus.

Le faux Arthur éclata de rire.

« Les voilà tombées! tombées! tombées! s'écria-t-il.
Faites attention, ma tante... Quel ennui ce doit être que
de tricoter! et à plus forte raison de retricoter. Vous ne
réussirez jamais à relever toutes les mailles si vos mains
tremblent ainsi!

— Comment n'avez-vous pas honte de vous moquer des
infirmités de la vieillesse? s'écria le vrai Arthur indigné,
comme l'eût été sa pauvre tante elle-même. Tous ceux qui
ne meurent pas jeunes deviennent vieux, et les jeunes et
les forts devraient réfléchir à ce qu'ils éprouveront quand
leur tour viendra d'être faibles!

— Ils devraient, n'est-il pas vrai, dit en riant le faux
Arthur, entrer *dans les souliers de leurs voisins?* Mais
pouvez-vous espérer, ma respectable grand'tante, trouver
de vieilles têtes sur de jeunes épaules comme les miennes?
Ce n'est pas un crime d'aimer à plaisanter, et je m'en
donnerai la satisfaction, quelle que soit la personne qui
doive en payer les frais! »

Le vrai Arthur commençait à se dire que l'absence de
ce charmant jeune homme devait être de beaucoup préfé-
rable à sa société. Il avança donc la proposition d'une
promenade en voiture, qui, par un si beau temps, serait
sans doute une agréable distraction.

« J'ai dit à Matthews de m'envoyer une calèche à
midi; il ne doit pas être loin de cette heure-là. Je vais
vous dire au juste ce qu'il en est. » Et la vieille dame
poussa le ressort de sa montre à répétition.

« Quelle charmante montre! s'écria le faux Arthur
avant que la sonnerie eût cessé complètement. Je voudrais

toucher ce ressort et faire sonner l'heure moi-même.
Donnez-la-moi un instant! »

Mais le vrai Arthur, qui venait de faire une récente
expérience de la façon dont on lui avait ramassé son
tricot, se sentait peu disposé à confier ce bijou à des
doigts si malfaisants.

« Non! non! répliqua-t-il, faisant un effort pour remettre la montre dans sa ceinture. Une bonne montre à
répétition n'est pas un joujou pour des écoliers...

— Ah! par exemple, vous me la laisserez bien prendre
seulement une minute ; vous êtes si bonne, si excellente
tante... » Et avec un mouvement plus voisin de la violence que de l'espièglerie, le faux Arthur saisit la montre.

« Oh! quel son charmant elle a! Que je voudrais en
avoir une pareille! Je serais curieux de savoir ce qui la
fait sonner... Voyons un peu les ressorts, à l'intérieur...

— Rendez-moi ma montre! » s'écria le vrai Arthur
en tendant sa main ridée. Mais le faux Arthur bondit
de façon à ce qu'on ne pût l'atteindre.

« Ne touchez pas aux ressorts, vous les abîmeriez! »
s'écria le vrai Arthur de plus en plus irrité et inquiet.
Son inquiétude n'était que trop légitime. L'instant d'après,
la montre à répétition s'échappait des doigts du ravisseur
et tombait lourdement par terre.

« Cassée ! elle est ma foi cassée ! s'écria le faux Arthur.

— Je vous briserai à mon tour, méchant enfant ! »
s'écria le vrai Arthur, oubliant que l'âge et les infirmités
ne peuvent être mis de côté par la colère d'un moment...
Les pauvres genoux de la vieille dame s'affaissèrent, et
Arthur, sous la forme de la grand'tante, tomba étendu
sur le sol.

VII

DANS LES SOULIERS D'UNE PETITE FILLE

Un éclat de rire moqueur frappa l'oreille d'Arthur au
moment de sa chute ; puis tout rentra dans le silence. Il
se releva beaucoup plus facilement qu'il ne s'y serait
attendu. A son grand étonnement, il n'était ni blessé ni

contusionné. Il ne vit plus devant lui le méchant petit
génie qui avait revêtu sa forme.

« Je dois m'être affreusement abîmé le visage, se dit
Arthur; je suis certainement tombé sur le nez; car,
lorsque j'y touche, je le sens si petit, si petit, qu'il faut
que je me le sois complètement aplati. »

Il s'élança vers un miroir : « C'est singulier! je ne me
figurais pas que ce miroir fût placé si haut... J'ai besoin
d'un tabouret pour m'y regarder. Ce qu'il y a de sûr, se
disait-il tout en poussant le tabouret devant la glace, c'est
que rien ne guérit les rhumatismes et les migraines
comme de tomber par terre. Cela m'a ôté cinquante ans!
Je ne me sens plus la moindre douleur ni la moindre
fatigue. »

Arthur sauta sur le tabouret; son menton seul se
trouvait de niveau avec le bas du miroir. Lorsqu'il aperçut son visage reflété dans la glace, il sentit une grande
envie de frapper du poing sur le miroir et de le faire
voler en éclats.

« Ce n'est pas moi, dit-il, cette petite fille laide, à la
figure toute ronde, au nez en trompette. Non, ce n'est
pas moi! O ciel! que je suis malheureux! » Telles furent
les premières émotions d'Arthur en s'apercevant sous sa
forme nouvelle; mais heureusement pour lui, en cette cir-

constance, son caractère léger et sa disposition naturelle
à prendre les choses du meilleur côté lui vinrent en
aide ; d'ailleurs des circonstances atténuantes se présen-
tèrent immédiatement à son esprit. « Enfin, se disait-il,
j'ai du moins une consolation : ces petits yeux aux coins
relevés n'ont pas besoin de lunettes ; j'y vois on ne peut
mieux, et si toute ma personne ressemble un peu trop à
une toupie, j'ai du moins le libre usage de mes membres.
— Après tout, ajouta-t-il en jetant un nouveau coup
d'œil au miroir, ce visage-là est très expressif et il respire
la bonne humeur ; — je n'ai plus de rides, les choses
auraient pu être cent fois plus mal. Quelle folie, d'ailleurs,
quelle stupidité de la part des gens qui attachent du prix
à un peu plus ou un peu moins de beauté physique ! —
C'est bien le signe d'un esprit frivole... Eh ! quoi ! n'avons-
nous pas l'exemple de ma grand'tante ! On dit que dans
son temps elle était ce qu'on appelle « une beauté » ; qui
s'en douterait aujourd'hui ? A quoi cela lui a-t-il servi ?
de grands yeux y voient-ils mieux que de petits ? une
jolie bouche parle-t-elle avec plus d'éloquence qu'une
laide ? des mains délicates et blanches sont-elles plus
adroites que des mains un peu courtes ? Un bon livre
reste un bon livre quand bien même sa reliure est com-
mune. Un louis d'or est toujours un louis d'or, fût-il

enfermé dans une vilaine bourse. On ne devrait jamais mépriser personne pour des imperfections physiques qui ne sont pas de sa faute. Comment en vouloir à quelqu'un de ce qui ne dépend pas de lui? Je préfère un visage laid et de bonne humeur au plus beau du monde s'il est maussade! »

O Arthur, avouez-le, il y aurait des changements merveilleux dans l'opinion de bien des gens s'ils pouvaient, seulement pour une heure, entrer dans les souliers de leur voisin.

« Il est évident, se dit encore Arthur en continuant à s'examiner dans le miroir, que je ne puis être admiré pour mes charmes extérieurs, mais je saurai me faire apprécier d'une autre façon... J'ai l'air d'une si bonne et si aimable créature! »

Tout en parlant il se souriait et se saluait amicalement dans la glace, et il commençait à se dire sérieusement qu'il avait commis une grande méprise en se trouvant laid au premier abord. Il finit même par se persuader qu'un petit nez en l'air n'était pas moins agréable qu'un nez droit ou recourbé comme le bec d'un oiseau de proie... Quant aux yeux, qui sans contredit y voyaient on ne peut plus clair, ils eussent été la perfection à Pékin ou à Canton...

Ces réflexions consolantes d'Arthur furent interrompues par des rires si bruyants, si prolongés, qu'il semblait que la personne qui poussait de tels éclats fût en danger d'éclater elle-même. Le visage railleur du faux Arthur apparut à travers le trou du paravent, et on entendit ces phrases aimables entrecoupées d'exclamations bruyantes :

« Oh! mais voyez-donc! voyez-donc! n'est-ce pas tout ce qu'on peut imaginer de plus comique au monde? non, rien ne peut valoir un tel spectacle! Lina, la jolie Lina, la séduisante Lina, admirant ses grâces dans le miroir!... Recommencez donc ce sourire ravissant, recommencez-le, ma chère, je vous en conjure! J'en veux faire le sujet d'un poème. »

Arthur bondit du tabouret, et dans le paroxysme de la colère il s'avança, le poing fermé, vers son provocateur.

« Comme vous prenez feu, belliqueuse amazone! Vous voilà prête à vous élancer comme un coq de combat, mais ne savez-vous pas, pauvre petite, que si je le voulais je vous ferais tourner comme un toton!

— Vous n'êtes qu'un lâche et un malhonnête, s'écria Arthur devenu Lina; n'avez-vous pas honte d'abuser de votre force contre quelqu'un qui ne peut lutter avec vous?

— Oh! quel charmant langage pour une petite fille! Oui, je l'avoue, je suis pour le droit du plus fort.

— C'est barbare, reprit Arthur-Lina, » mais il s'arrêta
court, car il comprit d'un coup d'œil combien il serait
inutile de faire appel aux nobles sentiments de ce tyran
infatué de lui-même. Il ne lui restait donc d'autre ressource que d'endurer patiemment l'humiliation qu'il eût
voulu infliger à autrui. Le pauvre Arthur se sentait maintenant tout disposé à regarder la rudesse envers les faibles
comme la marque certaine d'un caractère bas et mépri-
sable.

« Regardez-moi cela! s'écria le faux Arthur en montrant un grand plat rempli des cerises les plus appétis-
santes. Ma tante vient de me donner ces beaux fruits pour
les partager avec vous. Je vous garde en effet votre part...
mais vous n'y toucherez que lorsque vous aurez fini la
manchette que vous cousiez si finement hier au soir...
Pour moi, tout en savourant mon goûter, je jouirai de
votre vue, ô modèle de grâce et de beauté! ajouta le
malicieux génie en mettant une cerise dans sa bouche...

— Ma manchette était finie, j'en suis sûr, s'écria
Arthur-Lina qui se rappelait avoir vu Lina y travailler
assidûment la veille.

— Il restait encore un bouton, un seul petit bouton à
y coudre, reprit le faux Arthur en avalant une seconde
cerise.

— J'aurai mis ce bouton en une seconde, » s'écria de nouveau Arthur-Lina se consolant à l'idée qu'il restait si peu de chose à faire. Ajoutons que l'aiguille était enfilée ; ce détail sauvait le pauvre garçon d'un grand embarras, car il eût été bien en peine d'enfiler une aiguille.

« Fort bien... alors, cousez pendant que je mange... mais je crois que c'est moi qui de nous deux irai le plus vite en besogne. »

Arthur-Lina s'élança vers la table à ouvrage, saisit le nécessaire de sa cousine, l'ouvrit rapidement, la manchette ne s'y trouvait pas.

« Où puis-je l'avoir mise ? murmura-t-il.

— Personne ne peut le savoir mieux que vous, dit le petit génie occupé à faire disparaître les cerises avec une rapidité bien digne du vrai Arthur.

— Attendez un instant, je vais la trouver, s'écria Arthur-Lina qui avait un goût particulier pour les cerises ; ce n'est pas bien de tout manger avant que j'aie pu seulement commencer...

— Ce n'est pas bien !... Ah ! par exemple ! vous ne supposez pas, j'imagine, que j'attende qu'une petite fille étourdie ait trouvé ce qu'elle aurait dû serrer avec plus de soin... »

Il n'y avait pas d'autre moyen d'attraper quelques pau-

vres cerises, il fallait absolument retrouver la manchette
égarée. Arthur-Lina regarda sur et sous la table, bouleversa les coussins du sofa, chercha à toutes les places
possibles et impossibles... tandis que le méchant génie
restait assis mangeant avidement ses cerises et débitant les
fades plaisanteries qu'Arthur n'aurait pas manqué de faire
dans semblable circonstance.

« Ne vous pressez pas, ma chère, je vous en supplie, ne
vous pressez pas; se presser est le moyen de ne pas
trouver; et puis vous pourriez vous donner une conges-
tion; vous ressemblez à une petite bouilloire toute ronde,
en ébullition et sur le point d'éclater... Pourquoi ne cher-
chez-vous pas dans le petit bahut d'ébène? Peut-être votre
frère le magot chinois se sert-il de votre manchette comme
d'une collerette. Mais vraiment où cette aimable personne
a-t-elle pu mettre son ouvrage?... Ah! que les cerises
sont bonnes par un jour chaud comme celui-ci! »

Arthur-Lina continuait ses recherches de fort mauvaise
humeur et très convaincu que le malin génie en savait
plus long que qui que ce fût sur l'endroit où la manchette
se trouvait cachée. Mais que pouvait faire une pauvre
petite fille tombée au pouvoir d'un être malfaisant dont le
bonheur était de tourmenter et de chagriner les autres?
Enfin, au moment où la patience d'Arthur-Lina allait

l'abandonner, la manchette lui fut jetée à travers le trou du vieux paravent.

« Ah! la voilà! s'écria-t-il d'un ton triomphant.

— Et voilà votre part de cerises, » s'écria aussi le génie en lançant à la tête de son compagnon une poignée de noyaux, tout ce qui restait de ce qu'il avait apporté.

Une insulte semblable ne pouvait se tolérer. Arthur-Lina n'avait pas changé entièrement de caractère en changeant de forme; il ne possédait nullement l'humeur patiente de Lina. Oubliant la différence de taille et de force, il se précipita, furieux, sur son oppresseur. Le faux Arthur attendait l'attaque avec son sourire moqueur, et il s'écria : « N'avais-je pas dit que je ferais de vous un délicieux toton? » et, joignant l'action aux paroles, il fit tourner le malheureux Arthur-Lina, et cela avec une telle violence que la pauvre petite créature toute ronde roula bientôt sur le sol.

VIII

DANS LES SOULIERS D'UN AVEUGLE

Des ténèbres profondes entourèrent subitement Arthur ; il sentit un vent sec soulever ses cheveux et souffler sur son front, tandis qu'une chaleur brûlante comme celle des rayons du soleil d'été tombait sur sa tête. Il se leva lentement, étendit sa main ; — il se trouva en contact avec un objet dur et résistant comme une grille de fer.

« Qui suis-je donc ? que peut-il m'être arrivé ? Comme il fait sombre, s'écria-t-il avec une sensation d'horreur soudaine. Il semble, d'après le vent qui souffle si fort et le bruit des voitures qui roulent, que je sois en plein air. Et pourtant il fait plus nuit que dans une chambre où tous les volets seraient fermés ! il faut qu'on m'ait bandé les yeux. »

Il porta la main à son visage ; mais, hélas ! il n'y trouva pas le moindre bandeau. Il ouvrit ses yeux aussi grands qu'il put... la lumière y était éteinte.

« Ah ! mais c'est horrible ! horrible ! » s'écria Arthur au désespoir et s'appuyant tout chancelant contre la grille. La réalité de son immense malheur se présentait à son esprit

sans qu'il lui fût possible d'en contester l'évidence. Il
entendit de nouveau le pas rapide des passants, le bruit
des roues et le piétinement des chevaux.

« Oui, je suis aveugle, voilà l'affreuse vérité ! Des hommes
passent près de moi et je ne puis les voir. Le soleil brille et
je ne puis le contempler. L'éclat et la beauté de la vie
m'environnent et réjouissent tous les yeux, excepté les
miens ! Où dois-je aller ? que dois-je faire ? Comment me
garantir des dangers qui m'attendent à chaque pas ? et
pourquoi d'ailleurs essayerais-je de m'en garantir ? Pourquoi craindrais-je d'être renversé, écrasé ? cela ne vaudrait-
il pas mieux que de vivre dans ces ténèbres effroyables ?
Rien ne peut me paraître plus horrible que cette nuit éter-
nelle ! »

A peine Arthur avait-il achevé ces mots qu'il sentit une
légère secousse imprimée à sa main, et il s'aperçut que
cette main tenait une corde ; puis une créature vivante se
frotta amicalement contre ses jambes, et Arthur, baissant
la tête, sentit son visage léché par un chien.

Il serait difficile de décrire la sensation de plaisir qu'é-
veilla chez lui un incident en apparence si simple. Il n'avait
eu jusqu'alors aucune compassion pour les animaux et ne
s'était inquiété que de ceux qui contribuaient à ses amuse-
ments ; quant à l'idée qu'à l'heure de la détresse il pût

OUI, JE SUIS AVEUGLE. VOILA L'AFFREUSE VÉRITÉ!

8

trouver parmi eux un ami fidèle pour le guider sur son
chemin solitaire, elle ne lui était jamais venue ; mais le
cœur d'Arthur était adouci par la souffrance... Ses deux
premières épreuves n'avaient fait que le rendre plus irri-
table encore ; ce malheur suprême qui venait de le frapper
faisait enfin fléchir ce cœur orgueilleux et le disposait à la
résignation... Reconnaissant d'une marque d'affection, vînt-
elle d'un pauvre chien, il pressa contre son cœur le brave
animal et le caressa avec tendresse, sentiment nouveau
chez lui.

« Mon bon vieux compagnon !. tu restes près de moi ! tu
n'abandonnes pas ton maître ! On sent quelque chose de
bon, d'affectueux sous tes poils rudes ! Je dois me consi-
dérer comme fort heureux d'avoir encore près de moi un
être vivant qui me secoure et qui m'aime ! »

Tandis qu'Arthur songeait aux consolations que pouvait
lui offrir son ami à quatre pattes, l'animal tressaillit, et
poussa un cri d'effroi et de douleur.

« Qui donc a blessé mon chien ? s'écria Arthur.

— Stupide brute ! je te ferai tâter de ma canne, » s'écria
une voix bien connue, et l'instant d'après un coup sec fit
tressaillir Arthur comme si lui-même avait été frappé... La
corde qu'il tenait fut arrachée de ses mains, il entendit un
aboiement plaintif qui peu à peu se perdit dans le loin-

tain... Le chien, saisi de terreur, fuyait son persécuteur aussi vite que ses pattes agiles pouvaient le porter.

« Cruel garçon! être sans cœur! » s'écria Arthur, qui, pour la première fois, sentait une tendre pitié s'éveiller en lui. Qui donc persécutait jadis le chat de Lina? Qui donc s'était promis de le traquer partout et toujours? lui demandait en ce moment sa conscience, dont la voix était restée muette si longtemps... Quelle différence y a-t-il donc entre ton chien favori et le chat favori de Lina? Si l'un mérite de la pitié, pourquoi n'en pas accorder à l'autre? Tous les deux sont également aimés, tous deux souffrent également. Si tourmenter l'un est une bonne plaisanterie, pourquoi ne serait-ce pas une bonne plaisanterie de tourmenter l'autre? « Dures paroles, mais trop vraies, hélas! pensait Arthur. Je connais maintenant la souffrance cruelle qui consiste dans un vain désir de protéger une innocente créature qui nous aime. Oh! si je n'étais pas aveugle, si je n'étais pas aveugle! mais que devenir sans mon chien? »

Au même instant le malheureux Arthur sentit son bras touché doucement. Dans ce mouvement léger et presque caressant, il s'imagina reconnaître Lina. Comme son cœur accueillit avec joie l'espérance de voir près de lui un être sympathique et tendre tel que sa bonne petite cousine! Comme la pauvre Lina, avec sa figure irrégulière et sa

tournure lourde et disgracieuse, eût été mille fois bien-
venue de celui qui, vingt-quatre heures auparavant, ne
se souciait de qui que ce soit au monde! La main inconnue poussa doucement l'aveugle, qui se sentit disposé à
s'abandonner à son nouveau guide.

« Qui êtes-vous? où voulez-vous me conduire? dit-il en
suivant à pas lents la direction qu'on lui donnait.

— Là! » cria une voix railleuse; et Arthur, chancelant
soudain, tomba dans un fossé où l'avait précipité la main
traîtresse qu'il avait prise pour celle d'un guide bienveillant. Il n'est pas besoin d'affirmer à mes lecteurs que cette
main n'était pas celle de Lina.

IX

DANS LES SOULIERS D'UN PAUVRE GARÇON

Aussi rapide que le changement qui s'opère dans un
kaléidoscope fut le changement nouveau qui s'opéra dans
la personne d'Arthur. Il se réveilla et se trouva, à son
grand étonnement, non dans le fossé où il s'était senti
poussé, mais sur la grande route, exposé aux rayons d'un
soleil de midi et aux flots de poussière que soulevaient les
roues des voitures et les pas des piétons... Sa cécité
n'existait plus! il voyait très nettement tout ce qui l'en-
tourait... Voilà bien l'agent de police avec son chapeau de
toile cirée vacillant sur sa tête; voilà la bonne d'enfant
poussant la voiture du baby, l'homme d'affaires marchant
d'un pas rapide, arrêté parfois dans sa route par la char-
rette du garçon boucher... Voilà une dame entrant dans
la boutique d'un mercier pour y faire quelques emplettes.
Arthur reconnut la rue où il se trouvait pour être dans le
voisinage de mistress Mérédith. Il vit en face de lui la boutique d'un pâtissier où il était souvent entré avec sa tante
Les souliers qu'Arthur avait chaussés cette fois étaient, il
faut l'avouer, de bien mauvais souliers, aux talons éculés,

aux empeignes déchirées, de sorte que ses pauvres pieds
meurtris s'apercevaient à travers le cuir crevassé. La veste
d'Arthur ne s'harmonisait que trop avec ses souliers, elle
pendait en guenilles autour de lui! Le jeune garçon, ac-
coutumé depuis sa naissance à se voir pomponné, choyé,
caressé, admiré, se sentait devenu un vrai paria. Il se
comparait en lui-même à une plante marine jetée sur les
vagues de l'océan de la vie, ne tenant à rien, n'étant rien
pour personne, à peine digne d'un regard de pitié. De
plus, Arthur sentait la souffrance du pauvre! Arthur
n'avait connu jusqu'alors que cette faim qui donne plus
de goût aux mets qu'on va manger, c'est-à-dire le bon
appétit. Cette faim-là est plutôt une sensation agréable, car
elle est accompagnée de la certitude qu'elle sera tout à
l'heure abondamment satisfaite. La faim qu'il éprouvait
était toute différente!... et je voudrais, je l'avoue, que
chaque enfant élevé au sein de l'abondance la ressentît au
moins *une fois* par mois, au milieu du luxe de son existence, afin de mieux sympathiser avec la souffrance du
pauvre. Arthur se sentait défaillir de besoin... Il en venait
à envier le cheval qu'il voyait arrêté à l'angle de la rue, le
museau enfoncé dans un sac d'avoine... Instinctivement le
pauvre garçon se plaça devant la boutique du pâtissier,
lieu de délices où il n'entrerait jamais!... Cette vitrine

avait toujours eu une grande attraction pour Arthur ; mais
jamais ces piles de gâteaux glacés, panachés, saupoudrés
de sucre, ces coupes pleines de biscuits, de bonbons, de
fruits confits, ces affiches « de glaces et sorbets » ne lui
avaient semblé aussi séduisantes. Arthur, dans sa faim dévo-
rante, se sentait capable d'engloutir toute la boutique !...

En regardant à travers la porte entr'ouverte, il aperçut,
assis à une petite table de marbre blanc, un jeune garçon
aux cheveux bruns et aux yeux bleus. Il eut bien vite reconnu ce visage qu'il avait vu si souvent se refléter dans
la glace et qu'il regardait alors avec une si intime satisfaction. Quel sentiment différent il éprouvait maintenant en
examinant les mouvements de ce joli garçon, si gai, si
heureux de vivre, tandis que lui, dans *les souliers* d'un
pauvre mendiant, mourait d'inanition et souhaitait en vain
une mauvaise croûte de pain !...

« Le glouton ! comme il a vite fini de croquer toute une
assiettée de gâteaux ! Ne croirait-on pas qu'il n'a rien eu
ce matin à son déjeuner, et pourtant je jurerais qu'il a déjà
englouti un ou deux *muffins*, trois ou quatre tartines de
beurre, des œufs et des tranches de jambon... et par-dessus
le tout quelques bonnes cuillerées de gelée de groseilles !...
Fi donc ! n'a-t-il pas honte de lui-même ? quel rôle utile
joue-t-il en ce monde ? c'est une terrible erreur de sa

grand'tante que de le gâter ainsi ! C'est nuisible à sa santé,
nuisible à son caractère et nuisible aussi pour sa bourse...
Quoi ! le voilà encore qui demande des petits pâtés au
macaroni, et une tartelette aux fruits confits ! Ah ! il m'a vu !
tant mieux ! Il lui passera peut-être par la tête la bonne
pensée qu'un pauvre garçon maigre comme moi aurait bien
besoin de quelques miettes de son festin. Je ne comprends
pas qu'il puisse avoir le moindre plaisir à manger de la
sorte avec une figure affamée comme la mienne devant les
yeux. Allons, le voilà qui prend encore une glace, une
glace panachée qui a une mine délicieuse ! C'est une manière de se donner de l'appétit pour le rosbif et les pou-
dings qui l'attendent à son dîner ! Quel égoïste ! quel mauvais cœur ! Comment peut-on se livrer à de tels excès quand
il y a autour de vous des centaines de pauvres qui meurent
de faim !... »

Arthur ne s'était jamais laissé troubler l'esprit par des
réflexions si philanthropiques quand « ces excès » se trouvaient commis par lui.

« Ah ! enfin ! il a terminé sa collation ! Eh bien ! il aura
une jolie carte à payer ! Sa grand'tante lui a certainement
donné de l'argent ce matin, et voilà comment il l'emploie !
Ah ! c'est un affreux gaspillage !... Je lui souhaite de grand
cœur une effroyable indigestion ! »

Le faux Arthur, ayant largement satisfait sa gourmandise, quitta la boutique du pâtissier, en jetant autour de
lui des regards aussi enchantés que s'il venait d'accomplir
quelque action généreuse. Arthur, vêtu de haillons, se
trouva sur son chemin...

« Otez-vous de là, sale mendiant ! » telle fut la gracieuse
exclamation par laquelle le pauvre Arthur fut salué... Il
sentit son sang bouillonner de colère en voyant le jeune
garçon, mis avec élégance, s'éloigner d'un pas léger en
brandissant négligemment sa badine à pomme d'or ci-
selée.

« Ce n'était pas assez de mépriser ma misère, faut-il
encore qu'il l'insulte ! se disait Arthur avec un sentiment
de profonde amertume. Est-ce un mérite d'être né de parents plus riches que les miens ? Il n'a certes jamais gagné
un shelling de sa vie... mais il en a dépensé beaucoup !
Le quart de l'argent employé à satisfaire sa gourmandise
eût procuré un excellent repas à une pauvre créature qui
meurt de besoin !... Et cela ne lui eût coûté qu'un bien
léger sacrifice de son superflu ! Il ne sait donc pas qu'un
jour peut venir où il regrettera amèrement de n'avoir
jamais recueilli les bénédictions du pauvre !... »

Arthur, certain de ne pouvoir attendre aucune compassion du jeune orgueilleux, se flatta du moins de l'espoir

9

d'exciter la pitié de Lina, toujours disposée à plaindre et à secourir le malheureux. Il sentait le besoin de recueillir une bonne parole, un regard sympathique plus encore qu'un secours positif... et ce fut avec la pensée de recevoir cette consolation de celle qu'il avait tant raillée, tant tourmentée, qu'il suivit les pas du bel Arthur, qui usurpait sa place, jusqu'à la porte du jardin de mistress Mérédith. Il vit le jeune dandy s'arrêter un moment près de la haie du jardin, tirer son mouchoir de sa poche et laisser tomber en même temps son porte-monnaie.

Arthur s'avança rapidement, et ramassa le porte-monnaie ; il fit ce mouvement sans aucun but intéressé, car, bien qu'il eût extrêmement faim, il avait des sentiments trop élevés pour penser un instant à s'approprier ce qui ne lui appartenait pas. D'autre part, il ne se sentait porté à aucun égard envers celui qui venait de le traiter si durement ; il restait donc indécis, ne sachant s'il remettrait le porte-monnaie entre les mains de son légitime propriétaire ou s'il le rejetterait à la place où il l'avait trouvé. Ce retard fut malheureux pour Arthur le mendiant, car le faux Arthur se retourna brusquement pour fermer la barrière du jardin, et il aperçut le petit pauvre tenant le porte-monnaie dans les mains.

« Voleur ! pickpocket ! » s'écria-t-il, et, s'élançant, il

voulut saisir à la gorge Arthur le déguenillé ; le malheureux luttait de toutes ses forces pour se débarrasser de son agresseur, et il y eût sans doute réussi si le faux Arthur n'eût, en jetant les hauts cris, attiré l'attention d'un agent de police qui accourut aussitôt. L'infortuné Arthur, saisi de terreur, sentit une main pesante s'abattre sur son épaule et reconnut le chapeau de toile cirée, l'habit bleu et les boutons de métal de l'exécuteur de la loi.

« Menez-le en prison, menez-le en prison ! il m'a volé mon porte-monnaie dans ma poche !... criait le méchant génie sous la forme d'Arthur le riche.

— C'est faux ! criait à son tour Arthur avec désespoir... Jamais je n'ai songé à toucher à votre poche. Vous avez laissé tomber votre porte-monnaie... je n'ai fait que le ramasser, et j'allais vous le rendre pour vous épargner de le perdre.

—C'est une pure invention ! il ment ! » dit le malin génie avec un rire moqueur.

L'éclat des voix attira mistress Mérédith à la fenêtre du salon. Lina était accourue à la porte du jardin.

« Qu'est-il arrivé ? qu'a donc fait ce pauvre garçon ? demanda la petite fille, hors d'haleine.

— Ce qu'a fait ce pauvre garçon ? mais pas autre chose que d'être un vagabond et un voleur !...

— C'est faux! s'écria de nouveau Arthur le pauvre, palpitant de colère.

— J'ai trouvé ce garçon tenant mon porte-monnaie dans sa main, et il prétend l'avoir ramassé sur le chemin.

— Peut-être est-ce la vérité, fit observer Lina, jetant sur le mendiant un regard où se peignait la sympathie pour sa misère.

— Lina, vous êtes une sotte! s'écria le faux Arthur, accompagnant ses paroles d'un coup d'œil de suprême dédain. C'est un pickpocket! il mérite d'aller en prison, et il ira en prison, et j'espère bien qu'on le mènera rudement.

— Oh! cousin, il est si jeune! dit Lina d'un ton suppliant, et il a l'air d'avoir tant faim, et d'être si malade! Peut-être a-t-il éprouvé une tentation par trop forte! Peut-être jusqu'ici n'a-t-il jamais fait de mal!... Peut-être...

— Peut-être feriez-vous mieux de tenir votre langue et de ne pas dire de pareilles absurdités... »

Telle fut la réponse insolente du faux Arthur à Lina. « Allons, monsieur l'agent de police, ajouta-t-il, faites votre devoir, et conduisez ce vaurien devant le magistrat. »

Le vrai Arthur, avant sa transformation, n'eût certes ni autrement parlé ni autrement agi.

« Allons, venez, vaurien! Il est inutile de chercher à faire résistance, » dit l'agent de police; et prenant vigoureusement par l'épaule le pauvre Arthur, il ajouta : « Vous feriez mieux de partir tranquillement avec nous, au lieu de laisser se former un rassemblement dans la rue ! »

Mais Arthur ne se souciait pas du tout de s'en aller tranquillement pour se voir accuser injustement et juger sans miséricorde. Il s'attachait de toutes ses forces à la palissade de fer d'une barrière voisine, bien résolu à ne pas se laisser emmener sans avoir fait une résistance désespérée.

« Vous n'oseriez pas parler de m'envoyer en prison si je n'étais pauvre ! Et ce n'est pas un crime cependant que d'être pauvre ! Vous ne m'insulteriez pas si je n'étais en haillons ! s'écria-t-il en tournant son pâle visage, où se peignait l'angoisse, vers son impitoyable accusateur.

— Oh ! laissez-le en liberté ! laissez-le aller !... s'écriait de son côté Lina d'une voix suppliante.

— Je ne le laisserais pas aller, quand vous me demanderiez sa grâce à genoux, » fut la réplique du faux Arthur. On essaya de nouveau d'arracher Arthur de la position défensive qu'il avait prise. Il résista de toutes ses forces... une lutte violente s'ensuivit, lutte dans laquelle le pauvre garçon fut jeté rudement sur le pavé.

Ainsi que dans les premières métamorphoses d'Arthur, cette chute suffit, comme le mouvement de rotation donné à un kaléidoscope, pour amener un changement complet.

Lina, l'agent de police, le faux Arthur, tout disparut aux regards d'Arthur, si ce n'est la maison et le jardin, devant lesquels il se trouvait encore.

X

DANS LES SABOTS DU PONEY

De bien étranges choses arrivent dans les rêves! Des métamorphoses de la plus haute bizarrerie avaient déjà troublé le cerveau d'Arthur; mais aucune ne pouvait lui causer une surprise aussi grande que la transformation soudaine et tout à fait imprévue dont il était l'objet!... Les Indiens sont persuadés que les âmes des morts passent dans le corps des animaux. Comme s'il était destiné

à réaliser cette croyance exotique, Arthur, au comble de
la stupéfaction, se trouvait être devenu un poney attelé à
une petite voiture découverte.

C'était, convenons-en, une fort désagréable sensation
que de se réveiller avec un mors d'acier dans la bouche,
et de se trouver planté sur quatre pieds quand on a eu
toute sa vie l'habitude de marcher sur deux !

L'infortuné poney gratta la terre tantôt d'un pied,
tantôt de l'autre, rien que pour s'assurer si ces pieds-là
lui appartenaient bien réellement. Il baissa rapidement la
tête, pour sentir la longue crinière qui flottait sur son cou,
étrange substitution aux boucles brunes dont il était jadis
si fier ! Arthur ne savait que penser d'une pareille
métempsycose, car bien que des choses fort inattendues se
fussent déjà passées dans son rêve, rien encore n'avait
pu lui faire supposer qu'il en arriverait à être changé en
quadrupède !

Tandis que le mélancolique poney restait là, regardant
avec stupéfaction le loueur de voitures qui le tenait par la
bride et qui lui donnait de temps en temps une petite
tape d'encouragement à la fois amical et dédaigneux, la
porte de la maison de mistress Mérédith s'ouvrit, et un
jeune garçon parut sur le seuil. Le poney reconnut bien
vite le malin génie sous la forme du neveu de mistress Méré-

dith. Le nouveau venu adressait à une personne restée sans doute dans le salon ces paroles : « Ainsi, tante, vous ne voulez plus vous confier à moi pour vous conduire, et Lina est effrayée des cahots qui la font sauter comme une omelette dans la poêle ? Je vous dis donc adieu... Je serai de retour pour le dîner... je vais jusqu'à Barnet, faire une visite à mon camarade de collège Tomkins...

— Jusqu'à Barnet ! s'écria mistress Mérédith. Quoi ! vous avez l'intention de faire une course si longue ?

— Une course si longue ! reprit le faux Arthur... mais ce n'est rien du tout si on va bon pas... Le poney n'a qu'à bien marcher, voilà tout. »

Et, sautant légèrement dans la voiture, il prit les rênes des mains du loueur.

« Il s'essouffle facilement, dit le loueur.

— C'est un splendide petit poney, » répliqua le jeune conducteur, donnant au poney un coup sec sur l'épaule qui fit bondir de douleur le pauvre animal.

Il faut dire que le vrai Arthur ne méprisait pas précisément les chevaux ; bien au contraire, de toutes les races d'animaux, c'était celle qu'il appréciait le plus. S'il les traitait durement, c'était par pur égoïsme et non pour le plaisir de leur faire du mal. Le génie qui avait pris la forme d'Arthur copiait exactement sa manière d'être. Arthur avait

toujours beaucoup aimé à aller vite, très vite en voiture,
à défier et à dépasser tous les véhicules qu'il rencontrait
sur la route, sans trop faire attention aux forces du cheval
qu'il conduisait, et encore moins à ce qui pouvait lui être
agréable. Arthur se figurait qu'à l'aide de bons coups de
fouet tout cheval doit marcher, et jamais il ne s'était arrêté
à la pensée que les efforts faits par le pauvre animal pour
échapper à la torture qu'on lui inflige pussent excéder ses
forces et l'épuiser rapidement.

Arthur avait souvent *usé* du fouet, mais il ne l'avait
jamais *senti*, et, maintenant qu'il habitait le corps d'un
poney, il ne trouvait nullement de son goût ce genre de
correction. Le poney s'était résolu dès le premier moment
à trotter si vigoureusement, que son conducteur n'aurait
pas de prétextes pour le battre ; mais hélas ! il ne tarda
pas à reconnaître que tous ses efforts ne parviendraient
pas à satisfaire son tyran insensé. Quand le pauvre poney
se sentait fatigué, essoufflé, une douleur aiguë à l'épaule,
causée par un coup de fouet, ou par le mors tiré violem-
ment dans sa bouche, venait lui démontrer que son maître n'était pas du même avis que lui.

Monter, descendre une colline, tout revenait au même
pour le méchant génie, qui s'était caché sous la forme
d'Arthur. Il ne s'inquiétait nullement des souffrances du

10

pauvre animal, dont les flancs étaient prêts à saigner sous
le fouet. Il se réjouissait de cette allure rapide comme le
vent, et ne se disait jamais qu'il achetait un plaisir au
prix d'une torture. Oh! que le pauvre poney fut heureux
quand son conducteur l'arrêta devant une barrière. Cet
affreux voyage touchait donc à sa fin. — On se trouvait
alors près de la porte d'une jolie maison de campagne, à
Barnet, dans les environs de Londres.

Le faux Arthur sauta de la voiture, et, après avoir atta-
ché les rênes du poney à une borne, il tira la cloche de la
grand'porte et entra dans la maison. La chaleur était
extrême; le poney, lassé par ses prouesses involontaires,
souffrait autant de la soif que de la fatigue. La voiture
était abritée par de beaux arbres bien touffus, mais le pauvre poney se trouvait exposé aux rayons ardents du soleil
reflété sur les murs blancs et luisants de la maison; il lui
semblait être dans une fournaise, et il eût bien voulu
reculer quelques pas plus loin pour jouir de l'ombre délicieuse du bouquet d'arbres. Il entendait le clapotement de
l'eau non loin de lui, et il ressentait une vive tentation de
pouvoir s'abreuver aux flots rafraîchissants de la petite
rivière qui coulait là tout près, avec un si doux murmure,
sous les saules au feuillage argenté. Le poney tira violem-
ment sur les guides, mais ce fut en vain. Il ne fit que se

blesser la bouche par d'inutiles efforts, sans réussir à se débarrasser de son frein ; la borne de pierre était plus forte
que sa volonté et aussi dure que le cœur du faux Arthur.

« J'ai amené jusqu'ici ce monstre d'égoïsme, se disait
le pauvre poney, je n'ai épargné aucun effort pour lui
plaire, et il me laisse griller au soleil, souffrant d'une soif
affreuse ! Chacune de mes fibres se contracte et frémit
douloureusement, tandis que lui s'amuse et se rafraîchit
avec un camarade sans doute aussi dur de cœur que lui.
Pense-t-il donc que les poneys ne sentent rien et qu'on
doive les traiter comme s'ils étaient de bois ?... Ah ! si
Lina était ici ! Qu'elle soit bénie cette bonne âme ! Elle
aurait pour moi sympathie et pitié. Elle s'occuperait du
malheureux poney ! »

Tout en se livrant à ces mélancoliques réflexions, le pauvre poney passa une heure exposé à la plus atroce chaleur.
Enfin, son jeune maître descendit en sautillant les degrés
du perron ; il était accompagné d'un jeune garçon maigre
et pâle dans lequel le poney reconnut Ned Tomkins,
ancien camarade de classe d'Arthur.

« Vous avez là un joli poney, dit Tomkins au faux Arthur.

— C'est un poney qui marche bien, je vous assure,
répliqua son camarade tout en donnant une tape amicale sur le dos du poney, qui n'en éprouva nulle recon-

naissance. Il m'a amené ici en faisant dix milles à l'heure.

— Et c'est une fameuse course ! dit Tomkins.

— Ce n'est rien pour lui, absolument rien ! » s'écria le faux Arthur.

« Je voudrais bien que vous eussiez été forcé de trotter à pied tout le temps du chemin, pensait le poney ; vous auriez trouvé que ce rien était quelque chose. »

« Regardez-moi ces épaules, poursuivit le faux Arthur en se donnant un air de grand connaisseur de chevaux ; avez-vous jamais vu des formes plus belles et plus solides en même temps ? Je ferais le pari de dépasser avec ce poney tous ceux de sa taille dans le Royaume-Uni ! »

Le poney ne se sentit nullement flatté du compliment qu'on lui décernait.

« Il paraît fatigué, fit observer Tomkins.

— Fatigué ! pas le moins du monde ! Il est frais et dispos comme s'il n'avait pas marché de la journée. Voulez-vous essayer un steeple-chase avec lui autour de la prairie ?

— Merci ! merci ! il n'a pas de selle, reprit Tomkins, qui n'était pas renommé pour ses talents de sportman.

— Eh ! quoi ! vous ne monteriez pas un poney sans selle ! s'écria le faux Arthur, c'est la chose du monde la plus amusante... Essayez donc un peu. »

Le poney baissa les oreilles, tout inquiet de la tournure

que prenait la conversation; il poussa même un hennisse-
ment négatif... mais il se rassura bientôt en songeant que
Tomkins aurait trop peur de risquer ses os pour se hasar-
der à monter une bête aussi vive qu'on lui faisait la réputation de l'être.

« Non, vrai, je préfère ne pas essayer, reprit Tomkins
fort mal à l'aise. Ce poney à l'air de vouloir mordre... »

Tous les moyens de persuasion employés par le mauvais
génie pour décider Tomkins furent infructueux. Tomkins
déclara que ce n'était certes pas qu'il eût peur le moins du
monde; mais il refusa absolument de monter le poney et
il prit grand soin de ne s'approcher ni de la bouche ni des
sabots de l'animal qui semblait d'assez méchante humeur;
ce qu'on s'explique sans peine.

« Eh bien! s'écria le faux Arthur, puisque vous ne
vous sentez pas d'humeur à essayer cette course, aidez-
moi à débarrasser le poney de son harnais, et je vais lui
faire faire un temps de galop. »

« Attends, attends! je te donnerai de fameuses secousses,
pensa le poney, dont l'humeur devenait de plus en plus
sauvage... Si tu as le malheur de me monter, je galope
immédiatement vers la rivière... Je prendrai moi-même
un bain, mais j'aurai la satisfaction de te voir barbotter
comme un vrai canard!...

Ceci, toutefois, était plus aisé à méditer qu'à réaliser. Tout entier à l'idée de se venger, le poney se laissa monter sans difficulté par le faux Arthur. A peine celui-ci avait-il enfourché son petit coursier que le poney prit son élan vers la rivière ; arrivé au bord, il se dressa sur ses pieds de derrière avec un mouvement si brusque qu'il eût désarçonné bien vite un cavalier moins habile que le sien. Alors s'établit un combat entre le poney et son maître... mais hélas ! le mors d'acier tirait cruellement sur la bouche du pauvre animal, tandis que le fouet lui cinglait les flancs en les déchirant ! L'infortuné poney ruait, se cabrait, se courbait, essayait de se rouler par terre... mais le malin génie pressentait et prévenait toutes ces manœuvres, si bien que le poney, dompté, fut contraint de porter son vainqueur en triomphe autour de la prairie, jusqu'à ce que, lassé de sa victoire et poussant un cri de joie, le faux Arthur se fût décidé à arrêter l'animal épuisé devant la porte de la maison de campagne.

« De quelle façon magistrale vous menez les chevaux ! s'écria Tomkins. Je suis émerveillé que vous ayez pu tenir sur ce poney. C'est un animal terrible.

— Ça n'a été qu'un caprice de sa part, dit le faux Arthur. Il a besoin d'être traité un peu sévèrement. Je vous l'avais bien dit qu'il n'était pas fatigué ! Allons, Tomkins, aidez-

L'INFORTUNÉ PONEY RUAIT, SE CABRAIT.

moi à l'atteler à la voiture. Il faut que je me dépêche de rentrer, sans quoi je ne serais pas à la maison à l'heure du dîner. »

Le poney était si fatigué, si brisé dans son corps et dans sa volonté, qu'il ne fit qu'une faible résistance quand on lui remit son harnais. Tomkins se tenait toujours à distance respectueuse.

« Oh! quelle horrible chose que d'avoir à endurer un tel supplice chaque jour, et cela pendant des mois et des années! » pensait le malheureux Arthur sous la forme du poney. Par un décret cruel du méchant génie qui l'avait soumis à de si bizarres métamorphoses, Arthur ne devait pas prévoir la possibilité d'un changement; il se croyait incarné pour toujours dans le corps du poney au service du faux et cruel Arthur. C'était donc sans espoir d'une condition meilleure que l'infortunée victime du plus tyrannique des conducteurs reprit le chemin de sa demeure.

Et que cette dernière course fut terrible pour le pauvre petit cheval à bout de forces! Le faux Arthur n'avait évidemment pas la moindre idée qu'un animal pût jamais être fatigué. La fantaisie de courir le plus vite possible en voiture sur une belle route, en respirant l'air pur et frais du soir, s'était emparée de lui au point de ne plus lui laisser de place pour aucune autre pensée. Il fallait dépasser

toutes les voitures qui se trouvaient sur son chemin, fus-
sent-elles traînées par deux chevaux au lieu d'un. Il riait
et « enlevait » son poney par un coup de fouet sur la tête
ou sur l'épaule, si bien qu'en tournant brusquement l'angle du sentier de traverse qui menait chez Mrs. Mérédith,
les jambes manquèrent tout à coup au pauvre poney, qui
tomba enfin épuisé sur le sol.

XI

EN CHAT

Arthur avait déjà subi tant de transformations qu'il semblerait que rien ne dût l'étonner désormais; il fut pourtant fort surpris de se retrouver sur un tapis de foyer dans la chambre de mistress Mérédith, et d'apercevoir devant lui deux petites pattes blanches sur lesquelles il appuyait sa tête. Il essaya de pousser une exclamation, mais au lieu de syllabes articulées il ne fit entendre qu'un mélancolique *miaou*. Il s'élança dans la chambre et se mit à tourner en rond plusieurs fois... Rien de plus souple, de plus agile que ses mouvements... mais rien de plus humiliant et de plus positif que son incarnation dans la forme de l'animal qu'il avait le plus méprisé et le plus tourmenté en ce monde.

Arthur était courageux et déterminé. Pourtant, s'il faut dire toute la vérité, son émotion dans cette nouvelle épreuve tenait plus encore de la peur que de la honte et de la surprise.

Jusqu'alors il ne s'était pas rendu compte à quel point le courage physique est soutenu par l'*espoir*; combien la conscience d'avoir la plus grande chance de l'emporter dans une lutte contribue à exalter l'ardeur qu'on met à en braver les dangers.

Il avait souvent essayé sa force avec succès ; mais, depuis qu'il était au pouvoir de ce méchant génie qui revêtait sa propre force pour l'humilier plus sûrement, toutes ses tentatives de lutte ne faisaient qu'échouer. Quelles chances pouvait avoir un misérable chat contre un jeune garçon robuste et cruel, et comment attendre quelque chose de bon de la pitié de quelqu'un qu'il en savait si complètement dépourvu ? Le premier mouvement d'Arthur, en se voyant ainsi métamorphosé, avait été de fuir, de fuir aussi loin que possible d'une demeure où il allait rencontrer d'un moment à l'autre le tourmenteur juré des chats. Il fit donc le tour de la chambre à tout petits pas, *veloutés*, si l'on peut parler ainsi, cherchant quelque trou, quelque fente par laquelle il pût opérer sa retraite... Hélas ! la fenêtre était hermétiquement fermée, et la porte de même ; le pauvre chat se trouvait donc prisonnier dans la chambre où le redoutable ennemi de sa race pouvait faire irruption d'un moment à l'autre.

L'unique ressource qui restait à Boule-de-Neige était de se cacher. Il essaya tantôt d'une place, tantôt d'une autre, désirant ardemment trouver un abri sûr ; mais il quittait bientôt chacun de ces refuges avec la conviction que le génie qui s'était fait son remplaçant dans la maison saurait vite le découvrir ; à cette pensée il sentait, malgré la chaleur de la saison, un frisson parcourir son petit corps sous sa robe de fourrure blanche.

Un léger bruit se fit dans l'escalier. Arthur-chat se blottit timidement derrière le paravent, ne conservant qu'un faible espoir d'échapper à l'ennemi.

La porte s'ouvrit, Lina et le faux Arthur parurent. Si la petite fille était entrée la dernière, Arthur, sous la forme du chat, eût sauté hors du salon, bien certain que la généreuse enfant aurait aidé son protégé à s'échapper. Mais un dangereux compagnon suivait la petite fille, et celui-ci ferma la porte derrière lui. Lina prit sa place accoutumée, et, ouvrant sa boîte à ouvrage, elle se mit à tirer l'aiguille avec activité. Le faux Arthur ne s'assit pas, à la grande terreur du pauvre chat, dont le nouveau venu semblait pressentir la présence. Parfois il s'arrêtait pour causer avec Lina, mais plus habituellement il sautillait, les mains dans ses poches, tout en continuant sa conversation.

« Je vous répète que nous sommes les seigneurs et maîtres de la création et libres naturellement de faire tout ce qui nous plaît à l'égard des animaux.

— Vous êtes les maîtres, mais vous ne devez pas être

les tyrans, dit Lina timidement; et je pourrais vous dire les raisons qui font que nous sommes obligés à la pitié et même à la bonté envers les animaux...

— Ah! je suis curieux de connaître vos raisons, dit le jeune garçon, appuyant son coude sur le paravent qui seul le séparait du chat.

— Est-ce que toutes les créatures, reprit Lina, qui était de nature très pieuse et qui connaissait bien son Histoire sainte, est-ce que toutes les créatures n'étaient pas heureuses jadis dans le séjour de paix et d'abondance qu'on appelle l'Éden ou le Paradis terrestre? Elles ne connaissaient ni la douleur, ni la mort. Quand notre premier père désobéit à la loi de Dieu, ce fut lui qui bouleversa toute la création, et n'est-ce pas d'une injustice affreuse que l'homme, qui, par sa faute, est cause de la mort de tant d'innocentes créatures, les rende encore malheureuses pendant toute leur vie?

— Avez-vous encore d'autres raisons à alléguer en faveur de ces intéressantes bêtes que vous défendez avec une sympathie si naturelle? demanda le faux Arthur, en interrompant sa promenade à travers le salon.

— Oh! oui, sans doute, reprit Lina, en posant son ouvrage et joignant les mains, tandis que son visage enfantin prenait une expression de profond respect. Il est une raison meilleure encore : — Quand nous nous rappelons *qui* a donné la vie à toutes ces créatures, qui les nourrit et prend soin d'elles, nous nous demandons si nous avons le droit de détruire son ouvrage, rien que dans le but de nous amuser.

— Vous voudriez qu'on ne tuât aucun animal! s'écria le faux Arthur d'un ton de persiflage : ni les ours, ni les tigres, ni les loups, ni les poulets, ni les perdreaux, ni les bœufs, ni les moutons! Vous serez obligée de vous mettre à une diète sévère et de ne plus manger que des racines, puisque vous trouvez que c'est un crime que de tuer un innocent agneau!...

— Je n'ai pas dit cela, reprit encore Lina; il y a des animaux qui nous sont donnés comme nourriture, d'autres que nous tuons pour qu'ils ne nous tuent pas ; mais nous n'avons le droit d'en *torturer* aucun ou de lui causer une douleur inutile.

— Il y a des animaux que je traite fort bien, répliqua le malin génie; tenez, les chevaux, par exemple, personne ne leur montre plus de bonté que moi!

— Le ciel me préserve d'être encore l'objet d'une telle bonté! pensait Arthur sous l'humble forme du chat.

— Quant aux chats, ces horribles bêtes, je les déteste... j'en ai déjà tué neuf! Les écoliers sont les ennemis-nés

des chats! Personne n'aime ces bêtes-là, excepté les vieilles
filles et les petites niaises comme vous.

— Êtes-vous bien sûr de cela? dit Lina; ne vous rap-
pelez-vous donc pas l'histoire du lord-maire Whittington
et de son chat? Et Isaac Newton, un des hommes les plus
sages et les plus illustres de l'Angleterre, n'avait-il pas pour
son chat *Diamant* une affection si particulière qu'il lui
pardonna d'avoir déchiré et détruit un de ses travaux les
plus importants!

— Hurrah! s'écria le faux Arthur, comme conclusion
au discours de Lina, hurrah! »

Il venait d'apercevoir les blanches moustaches de
Boule-de-Neige, blotti derrière le paravent.

Ce cri de guerre fit tressaillir le pauvre chat qui vit sa
retraite découverte. Son implacable ennemi se précipita
sur la porte, la ferma à double tour et mit la clef dans sa
poche pour empêcher Lina de fuir avec son protégé. La
pauvre petite s'était levée précipitamment pour tenter d'arracher à un péril mortel son favori; mais, en dépit de toutes les supplications de la petite fille tout en larmes, le
faux Arthur se saisit d'un fouet... Le malheureux chat,
éperdu de terreur, courait à travers la chambre. Une chasse
sauvage, qui semblait être pour l'un un divertissement
des plus agréables, tandis qu'elle était pour l'autre une

angoisse horrible, commença alors. Le chat fuyait d'un bout de la chambre à l'autre, sautait sur les fauteuils, poursuivi sans relâche par son impitoyable adversaire qui riait à gorge déployée et donnait à tort et à travers des coups de fouet sur les meubles de bois de rose ou d'ébène... Enfin, l'infortuné chat fut poussé et cerné dans l'embrasure d'une fenêtre! Son ennemi était devant lui. L'arme terrible se levait pour frapper... Dans un effort désespéré pour échapper à la mort, le malheureux chat se précipita avec un élan si impétueux contre un des carreaux de verre de la fenêtre, qu'il cassa la vitre et sauta par l'ouverture improvisée qu'il venait de pratiquer.

XII

EN MOINEAU

Le pauvre Arthur tomba-t-il brisé, sanglant dans le petit jardin?

Non, bien loin de là. Avec une délicieuse sensation de liberté, il s'éleva dans les airs au lieu de tomber sur le sol. Ce ne fut que lorsqu'il eut atteint le sommet d'un tuyau de cheminée qu'il s'arrêta pour réfléchir un moment sur la manière dont il venait d'échapper à son cruel ennemi.

« Jamais chat, se disait-il, n'eût bondi ainsi dans les airs ! Jamais chat n'eût agité ces ravissantes petites ailes qui m'ont enlevé jusqu'ici. Il faut que je sois devenu oiseau, et de toute petite espèce, car je me sens entré dans une bien mince et bien légère enveloppe. Je ne pourrai me rendre compte que par mon ombre de ma dimension et de ma forme. Puissé-je être devenu un rouge-gorge ou un chardonneret; mais, hélas! je crains bien qu'il n'en soit pas ainsi et que je n'aie été tout simplement changé en un vulgaire moineau... je n'aurais plus alors qu'à mettre mon orgueil dans ma poche, ou, pour parler plus correctement, sous mon aile. Il me reste au moins une

12

grande consolation, je suis hors d'atteinte de cet odieux écolier. » Et le moineau battit des ailes à cette pensée. « Il n'a pas d'ailes pour me suivre jusqu'ici! continua-t-il. Tous ces tuyaux de cheminée sont autant d'abris sûrs pour moi! Je suis libre, complètement libre! J'ai ce beau soleil qui m'inonde; une longue perspective de toits s'étend tout à l'entour; mes ailes et mon cœur sont pleins de force et d'espoir! Ah! la vie est une belle chose! »

Là-dessus Arthur, délivré de ses terreurs, remplit l'air de joyeux gazouillements.

« Est-il rien dans la nature, se disait-il encore, de plus heureux qu'un moineau? Quelle jolie petite robe brune et satinée je porte! comme elle me va bien! et pas de note de tailleur à payer! Pourquoi vous envierais-je, grands et puissants de la terre, qui passez là-bas dans vos élégantes voitures! n'ai-je pas en moi-même un petit ballon portatif, et la crainte de tomber ne m'est-elle pas inconnue! Vivat! vivat! Quelle belle chose que l'air et la liberté! Quel bonheur de se sentir en pleine sécurité et de braver le pouvoir des hommes! Dans les airs, nul tyran ne peut m'atteindre. »

Et l'heureux moineau abattit son vol sur une persienne de la maison de mistress Mérédith, afin de mieux voir ce qui se passait autour de lui.

« Certainement, se disait-il en continuant le cours de ses réflexions philosophiques, le sort des êtres à l'état sauvage et libre vaut cent fois mieux que celui des animaux apprivoisés. N'est-il pas honteux que l'homme, ce tyran, rende si malheureuses toutes les créatures qui dépendent de lui! Voyez ces chevaux d'omnibus traînant péniblement leur lourd fardeau; voyez ce troupeau de brebis sur la route. Que ces pauvres bêtes sont fatiguées! Comme elles ont soif! Qui songe à leur donner à boire? Si l'une d'elles s'arrête devant une petite flaque d'eau, laissée là par les tonneaux d'arrosage, le fouet du conducteur active sa marche avant qu'elle ait eu le temps de mouiller seulement sa langue! Puis, spectacle plus triste encore! Voyez cette pauvre petite alouette dans sa cage, suspendue à la fenêtre d'en face! Elle qui aime la liberté plus encore que moi, elle est réduite à heurter ses ailes, devenues inutiles, contre les barreaux de fer de sa prison, en jetant dans les airs un chant plaintif pour amuser son cruel geôlier! Ah! si j'étais maître du royaume terrestre, continua le bienveillant moineau, je ferais mettre en liberté tous les oiseaux captifs; j'établirais à chaque coin de rue des abreuvoirs, et de petits tas de grains se trouveraient partout amoncelés pour l'usage particulier des moineaux!...»

Cette dernière réflexion fut sans doute inspirée à Arthur

par la faim qu'il ressentait et qui venait lui rappeler que
même les créatures libres ne peuvent vivre uniquement
de l'air du temps! Le genre de vie dans lequel il venait
d'entrer étant tout nouveau pour lui; il ignorait les moyens
de se procurer sa subsistance.

« Après tout, pensait-il, les animaux privés ont bien
aussi un avantage : l'homme se trouve seul chargé du soin
de les nourrir; il travaille péniblement pour faire pousser
l'herbe et l'avoine destinées à ses chevaux!... »

Le pauvre Arthur ne se trouvait nullement disposé à se
mêler aux autres moineaux; il avait bien la forme exté-
rieure d'un oiseau, mais il gardait les sentiments et
les sensations d'une créature humaine. Il doutait donc
que le grain pût être de son goût; il lui semblait que
ce grain gagnerait beaucoup à passer par les mains du
boulanger!

Le moineau déploya ses ailes pour aller se poser de
nouveau sur le toit de la maison; mais la sensation
agréable que lui causait sa facilité à fendre les airs était
quelque peu troublée par son incertitude de trouver de
quoi dîner. Il ne voyait entre les tuyaux de cheminées
que quelques plantes sauvages provenant de graines
jetées là par le vent et que les vrais oiseaux eux-
mêmes eussent dédaignées... Le moineau s'envola donc

de l'autre côté de la maison où se trouvait un *square*
sur lequel s'ouvrait une porte-fenêtre. Grande fut la
satisfaction d'Arthur en voyant la cour parsemée de
miettes de pain, mets des plus tentants pour lui dans sa
situation!

« Je serai prudent, très prudent; j'aurai grand soin de
m'assurer que Boule-de-Neige ne rôde pas dans le voisinage, avant de descendre de mon toit. Que les écoliers
soient ennemis des chats, ceci n'est pas la question; mais
Lina elle-même serait forcée d'avouer que les chats sont
encore plus ennemis des moineaux. »

Tout en faisant ces réflexions, le prudent moineau surveillait du haut de son observatoire la petite cour et tournait en tous sens ses petits yeux ronds si perçants et si
vifs. Tout à coup il prit son vol et alla se percher sur un
volet entr'ouvert à travers lequel il aperçut l'intérieur de
la cuisine de mistress Mérédith. Le premier objet qui
frappa ses regards fut une oie superbe, suspendue par les
pattes; cette vue lui arracha un cri mélancolique. Était-ce
pitié pour le sort du volatile infortuné, ou regret à l'idée
qu'un tel festin se préparât sans qu'il pût songer à y
prendre part? L'un et l'autre peut-être; mais ce qui fit
plaisir à Arthur, c'est que nulle créature vivante, à deux
pieds ou à quatre pattes, ne se montrait dans la cuisine ou

dans le *square;* il pouvait donc en toute sûreté descendre
pour prendre son modeste déjeuner.

« Je parierais, dit-il, que ces miettes de pain ont été
jetées à dessein par Lina... cette bonne, cette charitable
Lina, qui ne laisse jamais se perdre un seul petit morceau quand il peut être utile à un être quelconque de la
création! Je l'ai vue souvent recueillant les restes de
pain; elle souriait amicalement en se livrant à ce soin.
Hélas! je ne me doutais guère alors que je serais heureux un jour de manger ces humbles miettes de nos
repas!... »

Et le moineau descendit dans la cour... trop tôt malheureusement, car il s'aperçut bien vite que ce n'était
pas la main bienveillante de Lina qui avait semé là ces
miettes traîtresses. Quelle ne fut pas la terreur de
l'infortuné moineau en sentant ses petites pattes empê-
trées dans un piège sur lequel il s'était posé sans le
moindre soupçon!...

Ce piège avait été disposé avec un soin artificieux pour
prendre les oiseaux imprudents! Les battements d'ailes,
les cris plaintifs du malheureux moineau ne pouvaient lui
rendre la liberté!... La joie que ce bien lui causait avait
cessé pour toujours! Ses ailes légères ne pouvaient plus
le porter dans les airs. Il lui fallut rester là, captif et misé-

IL LUI FALLUT RESTER LA, CAPTIF ET MISÉRABLE.

rable, attendant avec angoisse le sort auquel le destinait un impitoyable tyran.

« Oh! pourquoi de cruels humains détruisent-ils un bonheur tel qu'ils ne peuvent même pas le comprendre! Quoi! pour un seul instant de plaisir stupide, anéantir une innocente créature ou lui infliger des tortures pires que la mort! Hélas! me reste-t-il même le droit de me plaindre? Je ne me souviens que trop de l'infortuné moineau que j'ai tué d'un coup de pierre! Ai-je eu pitié de lui quand je l'ai vu se débattant dans une agonie mortelle? L'ai-je épargné quand il gisait là, à ma merci? Puis-je espérer de la pitié, moi qui n'en ai jamais montré à qui que ce soit? Ai-je le droit de murmurer si les forts me traitent comme j'ai si souvent traité les faibles? Oh! malheur! malheur! Si je pouvais me sauver cette fois, seulement cette fois! et qu'une occasion me fût donnée de compatir aux maux de mes semblables et de les secourir, quelle conduite différente je tiendrais! Tout mon bonheur serait de rendre les autres heureux et d'être béni de tous ceux qui m'entourent. »

C'est ainsi que gémissait le malheureux Arthur sous la forme du moineau pris dans le piège. Des moments affreux s'écoulèrent dans l'attente du sort cruel qui lui était réservé. Lina seule aurait pu le délivrer. Que n'eût-il pas donné pour apercevoir un moment cette petite figure, qu'il avait trouvée si ridicule et qui lui serait mille fois plus agréable maintenant que le plus ravissant visage du monde !

Cet espoir fut bien vite détruit, hélas ! Comme le petit cœur du moineau palpita en voyant la porte de la cour s'ouvrir ! Avec quelle terreur il aperçut un visage trop bien connu, dont le sourire lui parut encore plus haïssable que la colère !

« Ah ! bravo ! voilà un petit camarade attrapé ! Quel dommage que ce ne soit qu'un moineau ! » s'écria le faux Arthur en s'avançant d'un air d'ardente impatience.

Le pauvre moineau fit un effort désespéré pour fuir... mais il eut beau agiter ses ailes, ce fut en vain... la main du jeune garçon était levée pour s'abattre sur lui... le battement du cœur d'Arthur fut si violent que la chaîne du sommeil se brisa et qu'il se réveilla en sursaut de son rêve...

13

XIII

TOUT ÉVEILLÉ

« Ah! ciel! quelle nuit je viens de passer! s'écria Arthur en levant les yeux et en poussant un soupir d'allégement. Quel trouble, quelle émotion, quelles courses à pied, à pattes, à ailes!... Il y avait réellement de quoi faire perdre la tête à quelqu'un de moins solide que moi! Mais quel bonheur! quel bonheur de n'être ni vieille femme, ni aveugle, ni mendiant, ni moineau, ni chat, ni poney! Je me suis vu pourchassé sur la grand'route et dans la chambre; je suis tombé dans un fossé, j'ai sauté par la fenêtre, j'ai été traîné en prison!! Et ma tante qui appelle le sommeil « la tendre nourrice de la nature! » Pour mon compte, cette nuit-ci, l'aimable nourrice n'a fait que mordre et égratigner son pauvre enfant pendant toute la nuit. Il y a de quoi prendre en horreur l'heure où elle ouvre ses bras pour vous bercer!... »

Arthur sauta hors de son lit et courut à un petit miroir ovale qui était sur la table de toilette.

« Ah! voilà bien cette figure rose et impertinente que je détestais tant dans mes rêves! On était si sûr de voir

arriver quelque chose de malfaisant là où apparaissait
cette tête bouclée! Je commence à comprendre que bien
des gens aient dû me trouver un fort désagréable personnage. Je suis sûr que Lina me trouve tel, et Boule-de-
Neige aussi! et je ne répondrais pas que le poney ne fût
de leur avis! Après tout, je soupçonne fort ce méchant
génie, qui prenait mon apparence, d'avoir voulu me donner une leçon en me montrant l'humanité sous un point
de vue si inhumain. J'ai été contraint « *à entrer dans les
souliers de mon voisin;* » ils m'ont paru remplis de cailloux et d'épines parce que je n'y étais pas entré avec bien-
veillance et sympathie. Il est certain que cela m'a fait voir
les choses sous un tout autre jour. Je n'aurai plus le courage de taquiner la chère petite Lina; non, certes,
jamais! »

Le même jour, Lina se réveilla fort inquiète et troublée
encore des émotions de la veille. Le temps, au lieu d'être
pur et beau comme il l'avait été toute la semaine, annon-
çait l'orage. Ce ciel gris et nuageux exerçait une triste
influence sur la pauvre petite fille. Elle se sentait fort tourmentée au sujet de Boule-de-Neige, et ne pouvait penser
qu'à des combinaisons diverses pour mettre son petit
favori à l'abri des dangereuses attaques de son cousin
Arthur. Ne serait-il pas possible de lui trouver un refuge

dans la maison d'un ami où il serait en sûreté jusqu'à la
fin des vacances ? Tout d'abord ce projet semblait excellent; mais Lina se rappela bientôt la propension des chats
à retourner à leur ancienne demeure. Boule-de-Neige
essayerait, sans nul doute, de revenir, et il pourrait être
rencontré et pourchassé en chemin par Arthur. D'autre
part, tenir le chat enfermé jour et nuit dans la chambre
de Lina, ce n'était pas praticable, mistress Mérédith ne
le souffrirait jamais... La cuisine n'était pas un lieu
complètement sûr contre l'invasion d'Arthur ; le chat s'y
trouverait pourtant moins exposé qu'au salon ; Lina se
promit donc de [prier Nelly, la cuisinière, de veiller à ce
que Boule-de-Neige n'entrât ni dans la salle à manger, ni
dans le salon.

« Que j'ai donc été imprudente de ne pas l'avertir plus
tôt ! pensait Lina en se rappelant ses récentes terreurs...
ma sotte négligence d'hier a failli coûter la vie à mon
pauvre Boule-de-Neige. »

Bien décidée à ne pas perdre de temps pour réparer
son oubli, Lina, après s'être habillée en toute hâte, descendit quatre à quatre les escaliers pour donner ses
instructions à Nelly qu'elle trouva occupée des apprêts du
déjeuner.

Lina chargea avec force recommandations la brave fille

d'avoir l'œil sur Boule-de-Neige et de ne pas souffrir, sous aucun prétexte, que le chat s'aventurât sur le terrain ennemi.

« Soyez tranquille, miss Lina, répondit la servante tout en plaçant les tasses et la théière sur le plateau; j'y veillerai. Je sais bien que M. Arthur est sans pitié pour les chats, et je serais désolée s'il arrivait malheur à ce joli Boule-de-Neige. Ici, minet, mon beau minet, ici! Mais où donc est-il passé? Je ne serais pas étonnée que cette maligne petite bête ne se fût déjà faufilée dans la salle à manger.

— Oh! j'espère bien que non, s'écria Lina tout alarmée, en regardant avec anxiété du côté de la cuisine.

— Voyez-vous, miss Lina, c'est qu'il est habitué à ce qu'on le gâte. Mistress Mérédith lui donne tous les matins un peu de lait. Il est bien à croire que nous ne le trouverons que dans la salle à manger... »

Lina courut en toute hâte pour rattraper et ramener son chat errant. En approchant de la salle à manger, dont la porte était ouverte, elle fut frappée par le son de la voix d'Arthur partant de l'intérieur de la pièce.

« Ah! pauvre minet! pauvre minet! quelle alerte vous avez eue la nuit dernière, » disait le jeune garçon avec un accent compatissant tout nouveau chez lui.

Un peu rassurée par le ton de bonhomie avec lequel les paroles étaient prononcées, mais peu portée cependant à se fier sans réserves à ce changement, Lina entra dans la salle à manger. A sa grande stupéfaction, elle vit Arthur tranquillement assis près de la fenêtre et penché sur Boule-de-Neige, qu'il caressait d'un air d'amicale protection.

« Bonjour, chère Lina, dit le jeune garçon en se levant pour saluer sa petite cousine avec une courtoisie qui ne lui était pas plus habituelle que la douceur envers les animaux.

— Oh! Arthur, que je suis donc contente de vous voir amis, vous et Boule-de-Neige, au lieu de... de...

— Au lieu de me voir lui donner la chasse et lui faire d'affreuses peurs! Je vous dirai que j'ai renoncé à ce genre de sport... je connais maintenant les sentiments des chats. »

Lina ouvrit aussi grands qu'elle put ses petits yeux et eut l'air si étonné, si étonné qu'Arthur éclata de rire.

Après quelques instants de silence, Lina, qui craignait toujours que son cousin ne cachât sous son air bienveillant quelque méchant projet, mit la conversation sur un autre sujet; elle fit en même temps à Boule-de-Neige quelques signes qu'elle espérait n'être vus que de lui seul pour l'engager à s'éloigner d'Arthur.

« Avez-vous l'intention de faire une promenade en voiture aujourd'hui avec le poney? demanda-t-elle.

— Non, je ne crois pas, répondit Arthur. Voyez-vous, Lina, j'ai réfléchi que ces promenades sont une grande dépense pour ma tante. Elle est si bonne qu'elle ne me refuse rien, mais c'est une raison de plus pour que j'épargne sa bonté. Je sais si bien à présent ce qu'elle éprouve!

— Cela me surprendrait bien si cette aimable humeur durait longtemps! pensa Lina au comble de l'étonnement.

— Puis, continua Arthur, je crains d'avoir demandé hier du pauvre poney plus que ses forces ne lui permettaient. Je l'ai fait trotter par trop vite, et il est revenu bien essoufflé, bien fatigué! Il faut qu'il se repose aujourd'hui. Je sais ce qu'éprouve un poney!...

— Qui donc a pu vous faire enfin connaître les sentiments de toutes les créatures? » s'écria Lina de plus en plus stupéfaite.

Les yeux brillants d'Arthur étincelaient de gaieté, mais il ne laissa pas échapper son secret :

« Avez-vous un peu pensé à ce que je vous disais du génie ailé que représente la statuette d'albâtre? reprit Lina.

— Oh! j'en sais plus long sur ce génie que vous ne le pensez, dit Arthur en riant. J'avais même bonne envie ce matin, en descendant au salon, de le briser en mille pièces.

— Cela eût fait beaucoup de peine à ma tante... Mais allons déjeuner, » dit Lina, pour ne pas donner à Arthur le temps de se reprendre à aucune mauvaise idée.

Arthur s'élança au-devant de sa vieille parente, s'informa de sa santé comme quelqu'un qui désire sincèrement savoir des nouvelles d'une personne aimée et respectée. Il lui avança son fauteuil, mit un coussin derrière elle, et, quand les lunettes de la vieille dame tombèrent, comme cela ne manquait jamais d'arriver, Arthur se baissa plus vite même que Lina pour les ramasser.

« Mon cher enfant, vous êtes bien aimable ce matin, » dit mistress Mérédith, et son œil se mouilla de larmes à ces légères marques d'égard de la part d'un neveu qu'elle avait comblé de témoignages d'affection.

Lina versa l'eau bouillante dans la théière ; puis, cette première tâche remplie, elle se préparait comme toujours à couper le pain... mais, ô surprise ! le pain était déjà coupé en tranches minces, et Arthur faisait les tartines de beurre avec le plus louable zèle. De plus, à la grande joie de Lina, il mettait soigneusement de côté les miettes pour les oiseaux.

« Mais c'est vrai qu'il est charmant ce matin ! pensait

Lina. S'il continue ainsi, ce sera tout plaisir que de l'avoir à la maison !

— Lina, mon enfant, dit mistress Mérédith à la fin du déjeuner, je me rappelle qu'il est resté une belle tranche du gâteau d'hier au soir. Vous la trouverez dans le petit buffet. Apportez-la, je vous prie, pour Arthur.

— Mais, ma tante, j'ai fait, je vous assure, un excellent déjeuner ; ce serait pure gourmandise que de manger encore, s'écria Arthur, au moment où sa cousine plaçait sur la table un morceau de gâteau des plus séduisants.

— Mon cher ami, les jeunes gens de votre âge ont bon appétit, répliqua en souriant la vieille dame ; d'ailleurs, si vous ne voulez pas manger ce gâteau maintenant, enveloppez-le et mettez-le dans votre poche... Peut-être serez-vous bien aise de l'y trouver un peu plus tard. »

Arthur obéit gaiement, mais après avoir fait deux parts du gâteau et avoir forcé Lina d'en accepter la moitié. Sa tante lui proposa alors une promenade en voiture ; mais le jeune garçon refusa, se gardant bien, parmi les raisons qu'il allégua, de donner celle dont il avait parlé à Lina.

« Comme vous voudrez, mon cher enfant ; peut-être préférez-vous quelque autre petite distraction, reprit l'excellente vieille dame, tout en tirant sa bourse de sa

11

poche. Je me rends parfaitement compte que cette maison doit être triste pour un garçon vif et gai comme vous... Je ne suis plus ce que j'étais jadis, et ma compagnie n'est pas faite pour récréer la jeunesse. » Et mistress Mérédith, ayant fini par trouver sa bourse dans les profondeurs de sa poche, en sortit deux pièces d'or qu'elle remit à son neveu.

« J'en donnerai une à Lina, » se dit Arthur, et il fut même sur le point de faire cette remarque tout haut ; mais, se mettant tout de suite *dans les souliers de la petite fille*, il sentit qu'agir ainsi serait blesser sa délicatesse en faisant ressortir l'oubli de la grand'tante à l'égard de sa petite nièce. « Je ferai mieux d'acheter moi-même quelque chose pour Lina, et de n'en pas parler à l'avance ; c'est ce que je voudrais qu'on fît pour moi si j'étais à sa place, » se dit Arthur qui avait appris à réfléchir.

« J'ai une petite occupation à vous donner, Lina, dit mistress Mérédith. Voici une ancienne gravure que j'ai trouvée dans un carton là-haut ; je vous prierai, ma chère enfant, de vouloir bien vous en servir pour réparer le paravent. Il me semble qu'elle est bien ce qui convient pour boucher ce trou. Veuillez dire à la cuisinière de faire de la colle...

— S'il est question de réparer le paravent, s'écria

Arthur, comme c'est mon genou qui a fait le mal, il est juste que ce soit ma main qui opère sa restauration.

— Oh! combien je vous remercie, s'écria Lina toute joyeuse; de cette manière, j'aurai le temps de terminer mon ouvrage. J'ai encore beaucoup d'ourlets à faire. »

Mistress Mérédith s'installa devant son pupitre et commença une lettre à destination des Indes; tandis que Lina cousait et qu'Arthur collait la gravure avec beaucoup d'adresse, Boule-de-Neige restait paisiblement couché aux pieds de son ancien persécuteur, en qui son instinct lui faisait maintenant reconnaître un ami.

« Arthur, dit enfin la vieille dame, en relevant la tête, — y a-t-il longtemps que vous n'avez écrit à votre père?

— Oh! oui! c'est si ennuyeux d'écrire, s'écria le jeune garçon, qui venait justement de finir son petit travail de collage et qui contemplait avec un certain orgueil l'habile restauration qu'il venait d'exécuter.

— Mais les parents sont si heureux de recevoir des nouvelles de leurs enfants absents! dit la grand'tante. Si vous vous mettiez à la place de votre père...

— Ah! reprit Arthur en riant, c'est une chose sérieuse que d'être à la place des autres. Mais vous avez raison, ma bonne tante, je me mettrai à l'œuvre tout de suite et j'écri-

rai, j'espère, une lettre telle que j'aimerais à la recevoir
d'un bon et aimable fils si j'en avais un. »

C'est ainsi qu'Arthur, qui ne prenait jamais une plume
de son propre mouvement, écrivit à son père, tandis que
mistress Mérédith, de son côté, rédigeait un compte rendu
louangeur touchant le plus aimable et le plus aimé des
jeunes garçons, information toute différente de celle qu'elle
eût donnée le jour précédent.

Les deux épîtres étant terminées, mistress Mérédith proposa que Lina sortît pour aller s'acheter un ruban destiné
à son chapeau. Arthur, se mettant *dans les souliers de la
petite fille*, ajouta qu'il serait peut-être plus agréable à
celle-ci de l'avoir pour compagnon dans cette petite
course que d'entrer toute seule dans un magasin. Mistress
Mérédith n'ayant qu'une servante et se trouvant trop
faible pour sortir à pied, Lina faisait seule les emplettes
dans le voisinage. L'offre aimable d'Arthur fut acceptée
avec joie. Lina commençait à se dire que décidément le
terrible écolier était devenu un charmant compagnon pour
elle, et elle monta l'escalier en chantant gaiement comme
une jeune alouette. Oh! quel pouvoir a chacun de causer
de la joie ou de la peine autour de soi! Il est bien certain
que chacun de nous devra répondre un jour de la manière
dont ce pouvoir aura été exercé.

XIV

UNE PROMENADE MATINALE

Le ciel était bleu, l'air pur et rafraîchi par la pluie, le jour tout à fait radieux, quand Lina sortit avec son cousin. Les pavés seuls, encore un peu humides, témoignaient d'une nuit d'orage. Lina se sentait le cœur léger et joyeux; le temps de ses épreuves était passé... Arthur ne lui avait pas adressé un seul mot désagréable et n'avait pas fait la moindre chose qui pût la contrarier.

« Lina, dit-il, tout en marchant à côté d'elle, voulez-vous savoir ce que j'ai l'intention de faire d'une de mes pièces?

— Certainement, si vous voulez bien me le confier, répondit la petite fille.

— Eh bien, je veux vous acheter un dé d'or, car je suis sûr que le vôtre doit être mis hors de service par votre infatigable couture... Ainsi je vous en donnerai un autre si vous voulez bien l'accepter, reprit Arthur songeant à son rêve de la nuit dernière; ensuite, je vous achèterai une livre de belles cerises; mais je ne veux pas que vous en donniez une seule à qui que ce soit, il faut que vous les mangiez toutes.

— Oh! vous êtes trop bon! s'écria Lina, mais vous ne voudriez pas me rendre si égoïste. Je ne mangerais pas avec plaisir des cerises si je ne pouvais les partager avec vous! »

Le jeune garçon sourit en lui-même au souvenir de son rêve, tout en se disant : « Il n'y aurait pas trop d'inconvénient à ce qu'Arthur n'eût cette fois que des noyaux pour sa part. »

Au tournant de la route, les deux enfants entrèrent dans une rue où se trouvaient beaucoup de magasins. La première personne qu'ils aperçurent fut le pauvre garçon maigre, pâle, déguenillé, qui avait paru si repoussant à Arthur dans son rêve.

Un instant Lina regretta que son cousin fût près d'elle. Elle se rappelait la façon dure et hautaine dont il avait parlé au petit mendiant, et elle craignait qu'il ne le traitât encore de la même façon. Puis elle avait projeté de parler à ce pauvre garçon de l'école gratuite qui se trouvait dans le voisinage. Et certes, la timide enfant ne se serait pas aventurée à en faire la proposition devant son cousin et à lui fournir ainsi un texte pour ses plaisanteries habituelles.

« J'espère trouver une autre occasion de lui parler, pensa-t-elle ; mais je suis fâchée de perdre celle-ci, car je ne sais quand je reverrai ce pauvre garçon.

— Je voudrais bien que nous fissions quelque chose pour ce malheureux enfant, dit Arthur. Il mène une existence si misérable! C'est une chose horrible que d'avoir faim! Il est à craindre qu'il ne trouve pas moyen de gagner honnêtement son pain. »

Si Lina n'avait pas été dans la rue, elle eût jeté un cri de joie en entendant ces paroles. Elle fut plus ravie encore en voyant Arthur s'adresser au pauvre enfant, avec un ton presque amical.

« N'avez-vous pas de famille? pas d'amis? pas d'asile?» lui demanda-t-il. Pour toute réponse, le mendiant secoua tristement la tête.

« Pourquoi ne prenez-vous pas un balai et ne nettoyez-vous pas le chemin? Voyez! quel lac de boue nous sommes forcés de traverser pour passer de l'autre côté de la route! Pourquoi ne pas chercher à gagner quelques sous par un honnête travail, au lieu de mendier?

— Je n'ai pas de quoi acheter un balai, » répondit le mendiant en baissant la tête douloureusement.

Lina toucha timidement le bras d'Arthur : « Voudriez-vous?... pourriez-vous?... dit-elle.

— Quoi donc, ma chère Lina? demanda son compagnon.

— Dépenser votre pièce pour acheter un balai au lieu de me faire un cadeau comme vous en aviez la pensée si

aimable? Je serais si contente... si contente... Mon dé
d'argent est encore très bon, et je n'ai nullement besoin
de cerises... »

Arthur eut un bon sourire. « Vous êtes entrée *dans les
souliers* de ce pauvre garçon, à ce que je vois, Lina; je
présume qu'il faut faire ce que vous désirez...

— Voilà justement une boutique de brosses et de balais,
tenez, là, tout à côté du pâtissier, » dit Lina.

Ah! comme la vue de cette vitrine de confiseur rappela
au souvenir d'Arthur un de ses rêves de la nuit pré-
cédente!

« Si je vous achetais un balai, vous en serviriez-vous?
demanda-t-il à l'enfant.

— Oh! oui, monsieur, bien certainement, répondit sans
hésiter le pauvre garçon.

— Eh bien! alors je vais vous l'acheter, et le meilleur
possible; mais j'espère qu'en revenant nous trouverons le
chemin aussi net que le salon d'une lady. » En attendant,
Arthur et Lina suivirent leur route au milieu de la boue,
et, tandis qu'Arthur entrait dans la boutique de brosserie
pour y choisir un balai, Lina, restant sur le seuil de la
porte, hasardait quelques questions à son protégé déguenillé, qui attendait humblement en dehors de la boutique.
Elle le trouva dans la plus complète ignorance de toutes

TENEZ, VOILA VOTRE BALAI.

15

choses, même de celles que les plus infimes créatures de ce monde devraient savoir. Sans père, ni mère, ni personne qui le protégeât, il n'avait été instruit par personne des premières et saintes vérités qui illuminent la vie du plus déshérité, et jettent sur sa route ici-bas les célestes espoirs de la vie à venir. Lina donna au mendiant l'adresse de l'école gratuite, où chaque soir les malheureux orphelins recevaient de l'instruction, et elle lui fit promettre de s'y rendre le même jour, après le coucher du soleil.

« Voilà un excellent balai ! » dit Arthur, tout en plongeant la main dans sa poche pour y prendre son argent.

En le prenant il sentit le contact d'un objet à la fois plus gros et moins dur. Arthur remarqua le visage pâle et amaigri du jeune mendiant, dont les regards se fixaient pleins d'envie sur les pâtisseries exposées à la vitrine du confiseur.

« Je vois que vous avez faim ! s'écria Arthur ; tenez, voilà votre balai et voilà encore quelque chose pour vous. » Et il tira de sa poche la tranche de gâteau.

« Oh ! comme le pauvre garçon est surpris et heureux ! dit Lina en sortant de la boutique avec son jeune compagnon...

— Eh bien, répondit Arthur en riant, je parierais qu'il est encore plus content du gâteau que du balai... C'est

assez naturel, car il avait faim, et puis il n'est pas habitué à
de telles friandises. Oh ! je sais parfaitement tout ce qu'il
éprouve...

— Savez-vous aussi ce que j'éprouve, moi ? demanda
Lina en plaisantant, car à présent elle se sentait tout à
fait à l'aise avec son cousin.

— Chère Lina, répondit Arthur, je ne le sais peut-être
pas aussi exactement.

— Eh bien, j'éprouve beaucoup de reconnaissance
envers quelqu'un... oui, il y a quelqu'un que je trouve
très bon et très aimable.

— Et vous trouviez, n'est-il pas vrai ? ce quelqu'un-là
« très méchant et très désagréable » hier au soir ?

— Mais comment pouvez-vous savoir tout cela ? qui
vous a dit ce que je pensais ?

— Et vous détestiez jusqu'à son visage, jusqu'au son
même de sa voix. Oh ! je sais parfaitement ce que vous
pensez...

— Détester, détester, dit Lina, c'est trop dire ; mais
comment avez-vous pu deviner, reprit Lina avec curiosité,
que j'aurais bien souvent désiré qu'il fût différent ?

— Ne suis-je pas *entré dans vos souliers* ? ne me suis-je
pas vu avec vos yeux ? et n'ai-je pas reconnu moi-même
que j'étais un garçon infiniment plus désagréable que je

n'aurais pu le croire? Ah! s'écria Arthur en s'interrompant, — voilà cet infortuné vieux aveugle, qui porte partout avec lui les ténèbres et la tristesse! Ah! que je suis content de voir que son bon et fidèle chien est toujours avec lui! Il faut que je lui donne un schelling à ce pauvre homme. Lina, pourriez-vous me changer une pièce et me donner quelque monnaie?...

— Oh! oui, voici le reste de l'argent de mon ruban, dit Lina, ouvrant immédiatement son porte-monnaie.

— Arrêtez, Lina, ne prenez pas cette peine. Je n'ai pas besoin qu'on change ma pièce, » s'écria Arthur.

Et voyant qu'elle le regardait d'un air désappointé, il ajouta : « Le caillou que j'ai jeté dans le chapeau de ce pauvre m'est resté sur la conscience. Il aura donc aujourd'hui un schelling parce qu'il est aveugle et le reste pour le dédommager de ma dureté.

— Que Dieu vous bénisse! mon bon monsieur, dit le pauvre aveugle en entendant la pièce de monnaie tomber dans son chapeau.

— Je viens encore de l'attraper, dit Arthur à Lina tout en continuant son chemin. Figurez-vous qu'il a pris la pièce d'or pour un sou; mais cette fois il ne se plaindra pas de son erreur...

— Et il n'y a pas d'objection à faire contre un tour de
ce genre, » s'écria Lina, toute rayonnante de joie.

Cette promenade du matin laissa la plus charmante
impression dans l'esprit de Lina et d'Arthur. Comme cela
n'intéresserait pas beaucoup nos lecteurs de suivre les
deux enfants dans les divers magasins, nous ne donnerons
pas là-dessus d'autres détails. A leur retour ils trouvèrent
leur protégé occupé à balayer vigoureusement la route,
et Arthur reçut de lui un regard de joyeuse reconnaissance qui le paya largement de son sacrifice.

XV

RÉVÉLATION

Lina restait on ne peut plus étonnée de l'amélioration soudaine qui s'était produite depuis la veille chez son cousin. Elle n'osait pas pourtant l'interroger sur ce qui avait pu déterminer un changement aussi rapide que favorable. D'ailleurs, si elle se hasardait à la moindre allusion à cet égard, Arthur détournait la conversation en lui demandant à elle-même comment il se faisait qu'elle entrât si facilement dans les souliers des autres, lesquels lui allaient tous parfaitement, et pourquoi elle ne s'en tenait pas aux siens. Lina regardait alors ses petits pieds un peu courts et un peu ronds, et se sentait reprise par l'inquiétude de voir son cousin recommencer ses anciennes taquineries.

L'heure du dîner sonna. Arthur et Lina se mirent à table avec un excellent appétit. Mistress Mérédith, qui pendant les vacances de son cher neveu commandait souvent des *extra*, luxe inaccoutumé sur leur modeste table, avait fait préparer un vrai festin pour ce jour-là. Un parfum savoureux remplissait la maison, et, quand le couvercle d'un grand plat fut enlevé, une superbe oie rôtie apparut sur la table.

« Mais, s'écria Arthur, oubliant un moment de se tenir
sur ses gardes, mais voilà justement l'oie que j'ai vue
suspendue dans le garde-manger lorsque j'étais moineau !

— Lorsque vous étiez... quoi ?... s'écrièrent ensemble
mistress Mérédith et Lina.

— Oh ! rien, répliqua Arthur en souriant. — C'est un
rêve burlesque que j'ai fait cette nuit, et qui provenait
sans doute de ma conversation de la veille avec Lina sur
le malin génie, et du sermon de ma tante sur la nécessité
d'entrer dans les *souliers du voisin*... J'en ai tant essayé
de ces maudits souliers, la nuit dernière, que je préfére-
rais cent fois aller nu-pieds. »

La curiosité de mistress Mérédith et de sa nièce était
fort excitée, et elles soupçonnèrent que l'amabilité extraor-
dinaire et les égards que leur montrait Arthur se ratta-
chaient à quelque circonstance particulière de son rêve. Lina
le pria, le supplia de le leur conter, et elle devint d'autant
plus pressante qu'il s'obstinait à se taire. Le jeune écolier
semblait possédé de nouveau par son humeur taquine, et
il plaisantait sur la curiosité de sa petite cousine d'une
façon fort piquante.

« Sachez, miss Lina, disait-il, que c'est vous positive-
ment qui, par votre histoire du malin génie, m'avez fait
passer une nuit si agitée ; il m'est donc bien permis de

vous laisser vous agiter aussi à votre tour, » ajouta-t-il
en tendant son assiette pour demander d'une appétis-
sante sauce aux pommes destinée à assaisonner l'oie
rôtie.

Arthur ne fut cependant pas inexorable. Il résista bien
à toutes les instances de Lina durant le premier service ;
mais au second il commençait à faiblir un peu... Enfin,
après le repas, terminé au dessert par une pyramide de
délicieuses cerises, Arthur, se rendant aux prières de sa
cousine, consentit à raconter son rêve bizarre.

C'était d'ailleurs l'heure la mieux choisie pour raconter
une histoire que cette heure calme du crépuscule où l'on
ne voit plus assez pour lire, où l'on voit encore trop pour
faire apporter la lampe. Arthur fit remarquer que c'était
bien là « l'heure des fées », et que le récit de ses aven-
tures frapperait bien plus vivement l'esprit de ses audi-
teurs que s'il le faisait à la clarté du jour. Mistress Mérédith s'assit sur le sofa et prit son tricot ; ses doigts étaient
si habitués à ce travail qu'elle n'avait pas besoin de lumière
pour s'y livrer. Lina, assise sur sa chaise basse avec
Boule-de-Neige sur ses genoux, gardait le silence le plus
recueilli ; elle ne perdait pas une syllabe du récit d'Arthur racontant son entrevue avec le malin génie et les
terribles conséquences qui s'en étaient suivies.

ARTHUR RACONTANT SON ENTREVUE AVEC LE MALIN GÉNIE.

16

Rien n'amusa plus le jeune écolier que lorsque mistress Mérédith tressaillit et leva les mains au ciel en entendant le récit de la chute de sa belle montre à répétition, puis de la voir rire de tout son cœur à la description des émotions d'Arthur apercevant son visage de vieille tante reflété dans le miroir. A diverses phases de son récit, Arthur dut s'arrêter pour donner cours à une explosion de gaieté, causée par les situations grotesques où il s'était trouvé placé dans les péripéties de son rêve. La lutte du poney et de son cavalier qu'Arthur racontait en imitant les soubresauts et les hennissements, afin de rendre le tableau plus animé, divertit beaucoup Lina ; mais l'idée de son cousin métamorphosé en chat et poussant un mélancolique *mi-à-ou*, jeta la petite fille dans un accès de gaieté folle ; des larmes, de douces larmes coulaient tout le long de ses joues rondes.

Arthur termina son récit par les mésaventures du moineau philosophe.

« Voilà ce qui peut s'appeler un drôle de rêve ! s'écria Lina, mais aussi un rêve bien bon, bien sage et bien utile.

— Si vous l'aviez fait à ma place, ma chère Lina, reprit Arthur, vous auriez pu le trouver tout aussi utile, mais vous ne l'auriez pas trouvé si amusant !

— Lina avait-elle autant besoin de la leçon ? fit remarquer doucement mistress Mérédith.

— Oh ! non, c'est vrai ! dit Arthur, dont la physionomie
avait pris une expression pensive qui n'était pas habituelle à son gai visage. Je vois que mon rêve a été une
sorte de leçon en action, destinée à m'apprendre ce que
je ne savais pas auparavant, c'est-à-dire la sympathie
pour les autres. Je crois sérieusement que ce songe m'ai-
dera à devenir un garçon tout différent à l'avenir de ce
que j'avais été jusqu'à présent. Je récapitulerai en moi-
même, dès aujourd'hui, le nombre de gens dans les souliers desquels je ferais bien d'entrer ! Il y a d'abord, — et
ici Arthur se mit à compter sur ses doigts, — il y a
d'abord le pauvre maître de grec au collège, celui que
nous trouvons si amusant de tourmenter ! Je ne me mo-
querais pas ainsi de lui, et je ne l'ennuierais pas comme
je le fais, si je me mettais un moment à sa place... Il y a
encore John Tomson, ce grand nigaud, mon camarade de
classe, qui apprend si difficilement malgré toute sa bonne
volonté. Il faut se demander ce qu'on ferait si on avait la
tête dure comme lui... Il y a encore Williams... et...
Mais à quoi bon continuer la liste ? la même règle peut
servir pour tous. Il faut pratiquer la sympathie parce
qu'il vaut décidément mieux être aimé que détesté, bien-

venu que redouté, et se faire regarder comme un bon et
aimable compagnon plutôt que comme un fléau insupportable pour tout le monde.

— Il y a une autre raison pour pratiquer la sympathie,
dit Lina avec un rayonnant sourire qui illuminait sa
petite figure de façon à la faire paraître jolie. C'est qu'on
éprouve une si grande satisfaction à faire plaisir aux
autres ! cela rend le cœur si joyeux ! Je suis sûre que
vous avez éprouvé ce bonheur aujourd'hui, cher Arthur,
en voyant comme vous rendiez heureux ce pauvre mendiant ! Vous vous coucherez ce soir plus content que jamais
en vous disant que votre générosité a donné une si douce
consolation au pauvre aveugle.

— Il y a encore une raison plus puissante que toutes
celles dont vous venez de parler, mes enfants, dit mistress
Mérédith en posant doucement sa main sur celle de son
neveu. La sympathie est non seulement un plaisir, c'est
un devoir pour tout vrai chrétien. Qu'il est doux ce com-
mandement que nous a donné notre divin maître :
« Aidez vos frères à porter leur fardeau, — aimez-vous
les uns les autres. — Réjouissez-vous avec ceux qui se
réjouissent ! pleurez avec ceux qui pleurent. » L'obéis-
sance à cette loi d'amour : « Faites aux autres ce que vous
voudriez qu'il vous fût fait à vous-même ! » serait le ciel

sur la terre. N'oubliez jamais ces autres paroles, mes
enfants, elles contiennent à la fois un avertissement et
une promesse : « Nous serons mesurés avec la mesure
qui nous aura servi à mesurer les autres. »

TABLE

FIN DE LA TABLE

Paris. — Imprimerie P. Mouillot, 13, Quai Voltaire. — 14935.

www.ingramcontent.com/pod-product-compliance
Lightning Source LLC
Chambersburg PA
CBHW060817250626
47162CB00005B/1829